JN147713

夏物語

Summer Story

喜多嶋 隆

田畑書店

夏物語◎目　次

あの雲にゴール・キック

『DEAR（ディア） JIMY（ジミー）

元気ですか？　わたしは元気です。

あなたがくれた恋人（ステディ）リング、しっかりと薬指にはめています。

ニュージーランドの大学生活は、どう？　きっと、にぎやかで楽しいんでしょうね。うらやましい……。

わたしも、高校を卒業したらそっちの大学にいきたいけど、うちはそんなにお金持ちじゃないから、たぶん、ダメだと思います。クリスマス休暇であなたが帰ってくるのを、楽しみに待っています。

この島は、あい変わらず。何ひとつ、変わっていません。

最近はフランス人の観光客が少し増えてきました。たぶん、タヒチを回ってくるんだと思います。

当たり前だけど、彼らはフランス語を話すので、オーダーをとるのが大変です。何回もきき返してしまいます。そのかわり、彼らは、よくチップをくれるので、お小遣いのたしになって助かります。

そうそう、バーテンダーのチャールスはあい変わらずカクテルのオーダーをまちがえてばかりいます……』

「2（ツー）マイタイ。1（ワン）ジン・トニック。3（スリー）ピニャ・カラーダ。2（ツー）ブラディ・マリー」

わたしは言った。オーダーのメモを、カウンターに置いた。

バーテンダーのチャールスは、それをチラリと見る。カクテルをつくりはじめた。5分後。

「はい、でき上がり」とチャールス。カウンターの上に、カクテルを並べる。わたしは、それをいっぺんにトレイにのせる。

あまり自慢にはならないけど、スポーツをやってるせいで腕力はたっぷりとある。グラスをのせたトレイを、片手で持つ。テーブルの間をぬっていく。目的のお客たちのテーブルに。

彼らの前に、カクテルを置いていく。その最後、

「またか……」と、つぶやいた。

カクテルが、一つ多いのだ。ジン・トニックが一つ多い。

わたしは、それをカウンターに持って帰る。バーテンダーのチャールスに、

「これ、まちがってたわよ」と言った。

「あ、そうだったか」とチャールス。

「つくったものは、しょうがないな」と言う。ジン・トニックを、自分で飲みはじめた。

やれやれ……。またか……。わたしは、軽くため息。

「今夜、もう3回目よ」わたしは、チャールスの顔を正面から見つめて言った。

黒い髪。細面（ほそおもて）の顔。頬がこけている。いつか町の映画館で観た〈パリ・テキサス〉っていう映画の主人公にちょっと似ていた。

17歳のわたしには、難しくて退屈な映画だった。

けど、アメリカの風景がきれいだった。そして、主人公は確かにチャールスによ

く似ていた。ヒョロリとした体つきも、ちょっと淋しそうな眼も……。

「まあ、まちがえたものは、しょうがないじゃないか」とチャールス。ジン・トニックのグラスを口に運ぶ。あたしは、また、ため息……。

チャールスがオーダーをまちがえるのは、もちろん、わざとだ。一杯だけ、よけいにつくる。返ってきたカクテルを、飲む。〈どうせ捨てるんなら、自分の腹の中の方がいいだろう〉いつもチャールスは、そう言う。

この小さなリゾート・ホテルのバーをまかされて、確か15年。誰も、そんなことに気づいたり、とがめたりはしない。ウェイトレスのわたし以外は。

「今夜こそ、飲み過ぎちゃダメよ」わたしは、正面から見つめたまま、チャールスに言った。

「そんな怖い顔するなよ、ペギー」

とチャールス。ほんの少し淋しそうな表情。それでも、しっかりとジン・トニックを飲み干してしまった。

〈怖い顔だってしたくなるわよ〉わたしは、胸の中でつぶやいた。だって、チャールスは、わたしのパパなんだから……。

「ほら、だいじょうぶ？」わたしは、パパの体をささえる。

ふらつく体をささえて、ホテルの裏口からクルマに歩かせる。パパの体は、娘のわたしにもささえられるぐらい痩せていた。

バーの営業が終わったところだった。

ホテルの外に駐(と)めてあるトラック。錆(さび)だらけのピックアップ・トラック。

その助手席に、パパを押し上げる。わたしが運転席に上がる。

エンジンをかける。トラックの中は、もう、お酒臭くなっている。

今夜も、まちがえたカクテルを、パパは十杯以上飲んだだろう。昼間から飲んでる分をたすと、何杯になるんだろう。

パパは、助手席で、半分眠っている。わたしは、ゆっくりと、トラックを出す。夜道を走りはじめた。

今夜も、南十字星がきれいに見える。それだけ、島には灯りが少ないのだ。ゆっくり走っても30分で一周してしまう小さな島だから、当然かもしれない。

タヒチ諸島の西のはずれにある。けれど、気候や海の色は、タヒチそのものだ。

けど、言葉や習慣は、ニュージーランドに近い。いまもわたしは、左側通行の道路を走っていた。

やがて、信号が見えてきた。ひとけのない交叉点に、信号機。赤になっている。わたしはトラックをとめた。

この信号も、ここにある必要なんかまるでない。けど、若い連中のためにわざとつけてあるのだ。

誰かが、島を出る。ニュージーランドとか、タヒチとか、ほかの都会にいったとき、信号機を見たことがないんじゃ困るんで、わざわざ、一個だけここにつけてあるのだ。

信号が、青に。わたしは、ゆっくりとクルマを出した。開けっぱなしの窓から、熱帯の島独特の匂いが流れ込んでくる。花。湿った草。それに海風がカクテルされた匂いだ。

5、6分走る。道路の左側。小さな家が見えてきた。ヤシの樹の間。小さくてさやかな家。わたしの家だ。

クルマを駐める。もうほとんど眠り込んでるパパをおろす。苦労して、家に運び込む。ベッドに寝かせる。ブランケットをかける。

わたしが部屋のドアを閉めるときには、もうパパのイビキがきこえはじめていた。

わたしは、狭いキッチンに。あまりものを冷蔵庫から出す。一人で夜食をつくりはじめる。

パパがお酒を飲むのも、わからないわけじゃない。確かに、あまり運のいい人生じゃなかったんだろう。

パパは、ニュージーランドで育った。ずっと、ラグビー選手としてやってきた。21歳で、あの、世界最強のチーム〈オール・ブラックス〉に入ったっていう話だ。6年間の選手生活。そして、パパは〈オール・ブラックス〉をやめた。

そのはっきりした理由は、わたしにも話してくれたことがない。

とにかく、ラグビー選手をやめたパパは、ニュージーランドから、この小さな南洋の島にやってきた。ニュージーランドにいたくなかったんだと思う。

この島にきて、パパは一人の女の人と恋をして結婚した。ママだ。

そして、わたしが生まれた。たぶん、その頃は幸せだったんだと思う。

けど、長くは続かなかった。

あたしが5歳のとき、ひどく大きなハリケーンが島を襲った。1トン以上もあるテトラポットが道路にうち上げられるほどのハリケーンだ。島の建物のほとんどはバラバラになった。

その風と高潮のすごさは、あたしもかすかに覚えている。島民の三十人以上が、ハリケーンの犠牲になった。

そして、その中にはママもいた……。

わたしが10歳になる頃、パパはホテルのバーを完全にまかされていた。
15歳になったとき、わたしはパパのバーでバイトをするようになった。そして、知った。毎晩、パパが酔っぱらって帰ってくる理由を。つまり、まちがえてつくるカクテルのことを……。

「ダメよ」わたしは、パパに言った。

「食べなきゃ、ダメなんだから」両手を腰に当てて言った。

翌朝。8時半。うちのキッチンだ。テーブルには、わたしがつくった朝食。

スクランブルエッグとラム肉のソーセージがのっていた。

イスにかけてるパパは、ボーとした顔。市場に並んでるカツオみたいにドロンとした眼。

「食べなきゃ、どんどん痩せて死んじゃうんだから」わたしは言った。

「いいよ。栄養ならこれでとるから」とパパ。冷蔵庫から、缶ビールをとり出した。開ける。飲みはじめる。

やれやれ……。毎朝くり返されることだけど、わたしは軽くため息。

これ以上、何を言ってもムダなのは、もうわかっている。パパのためにつくった朝食を、わたしは食べはじめた。

「したくはいいか？　ペギー」
という声。ロッカー・ルームの外からきこえた。同じチームのバズだ。
「ちょっと待って！」わたしは叫んだ。
三枚目のブラジャーをつける。その上に、ラグビー・ジャージをかぶった。

ブルーと白のストライプ。うちの高校のチーム・カラーだ。わたしは、ロッカー・ルームから出ていく。

「お待たせ！」外には、チーム・メイトが待っていた。軽くパスの練習をしてる男の子もいる。

「それじゃ、やるか」とキャプテンのバズ。

わたしたちは、草っ原みたいなグラウンドに散る。ラグビーの練習をはじめた。女の子は、あたし一人だ。

ラグビーをはじめたのは、ごく自然にだ。
赤ん坊だった頃、遊び道具は家に転がってたラグビーボールだった。たぶん、パパが現役時代に使ってたものだろう。
4、5歳になると、ラグビーごっこをやるようになった。この島の子供たちは、みな、そうなのだ。ニュージーランド文化圏だからだろう。
アメリカの子供たちがアメラグをやるように、この島の子供たちはラグビーごっこをやる。

小さい島なのに、ラグビーのグラウンドは六つもある。ちゃんと整備されたやつ。草っ原に、ゴール・ポストを立てただけみたいなやつ。いろいろあるけれど……。

10歳になった頃、わたしは学校のラグビー・チームに入った。普通、その年齢だと、女の子はもうラグビー・ボールになんか触らない。けど、あたしは特別だった。足が速かったのだ。パパからの遺伝かどうか。とにかくその頃、学校中で一番、足が速かった。ボールを持って走らせたら、どんな男の子も追いつけなかった。

当然、ラグビー・チームでは左ウイングのポジションになった。ボールをかかえて敵のゴールに駆け込むポジションだ。

12歳頃になると、バストが少しふくらんできた。けど、幸いなことに、あまりグラマーになる体質じゃないらしい。バストは、たいしてふくらむ様子はなかった。おまけに、ウイングだと、相手ともみ合うことも少ない。ブラジャーを三枚重ねにしておけば、問題はなかった。そんな風にして、17歳のいままでラグビーをやってきた。

走るのは好きだ。相手のタックルをかわす。右に。左に。芝生を蹴って走る。

走っていると、何もかも忘れられる。酒びたりのパパのこと。恋人のジミーとの距離……。みんな忘れて、カラッポになれる。

ちゅうだった。

　ふり向く。

「おい、見ろよ」という声。後ろできこえた。練習が終わった。歩いて家に帰るとなりの学校の男の子が三人。三人とも、ラグビー・チームの連中。来週、練習試合をやることになってる連中だ。

「ありゃ、アル中の娘じゃないのか」と連中の一人、〈イチゴ鼻のサム〉だ。

あたしは無視。スタスタと歩きはじめる。けど、連中は追いついてくる。

「さっき、おまえのオヤジが道ばたに坐り込んで酒をくらってたぜ」

とイチゴ鼻。道ばたに坐り込んでなんて、いくらなんでも嘘だ。ひとを挑発しているのだ。

「道ばたに坐り込んで、ヘラヘラ笑いながら酒くらってたぜ」とイチゴ鼻。

「うるさいわね」わたしは言った。歩きつづける。

「通りかかった女のスカートをまくり上げてたぜ、おまえのオヤジ」

ふり向きざま。わたしは、右パンチをイチゴ鼻にくらわせていた。

パシッ。頬に当たる。イチゴ鼻は、後ろによろける。

「ほう……やろうってのかよ……」と連中。身がまえる。

30分後。

わたしは一人、砂浜に坐っていた。唇をかんで、水平線を見つめていた。

ボロボロだった。男の子三人が相手じゃ、さすがに勝てない。

顔。手。脚。キズだらけだった。Tシャツも、ショートパンツも、ボロボロだった。

こんなかっこうで帰ったら、パパを心配させる。パパがホテルに出勤する時間まで、砂浜にいようと思った。

たそがれの砂浜。黒っぽい犬が一匹、のんびりと歩いている。ヤシの影が、白い砂に長くのびている。

あたしは、波打ちぎわに歩いていく。

ヒザまで水につかる。透明な水を、手ですくう。顔を、バシャバシャと洗う。

スリ傷にしみた。けど、それは、最初だけだ。かまわず、洗いつづける。手も、脚も、海の水で洗った。顔をあげて、ひと息つく。夕陽を映した水面。大きな魚に追われた小魚の群が、ピチャピチャッとジャンプするのが見えた。

「おい、ペギー」とパパ。ウォッカのボトルを手に、

「その傷は、どうしたんだい」と言った。わたしが、ホテルのバーに顔を見せたときだ。

顔や手に塗ったマーキュロを見て、パパは驚いた顔。でも、

「ラグビーの練習よ」涼しい顔で、わたしは言った。

「来週、練習試合だから、ちょっとハードな練習をしただけ」と、パパに白い歯を見せる。さっさと、ウェイトレスの仕事をはじめる。


「3（スリー）カンパソーダ。2（ツー）ビアー。1（ワン）ドライ・マティーニ」わたしは言った。

パパは、うなずく。カクテルをつくりはじめる。

夜の9時半。パパはもう、かなり飲んでいた。

それでも、シェーカーさばきはきちんとしていた。カクテルを、カウンターに並べる。わたしは、それをお客のテーブルに運ぶ。カウンターに戻ってくる。

「?……」あれっというパパの表情。

「オーダーは……」

「正確だったわよ、チャールス」あたしは、パパに言った。

じつは、ドライ・マティニーのオーダーは、2(ツー)だったのだ。

どっちみち、この時間だと、パパは一番強いドライ・マティニーを、まちがえて一つよけいにつくるだろう。それをみこして、わざと〈1(ワン)ドライ・マティニー〉とパパにオーダーした。

案のじょう、パパはドライ・マティニーを二つつくった。

それは、ちゃんとお客のオーダーどおり。あたしは、それをテーブルに運んだ。

空のトレイを持って、カウンターに戻ってきた。

あたしのしたことがわかったんだろう。複雑な表情のパパ。

「ラグビーと同じで、フェイントも大切でしょう」わたしは、ニコリと白い歯を見せた。

その夜、パパはそれ以上飲まなかった。

翌週。木曜日。午後3時。となりの高校との練習試合だ。

試合開始前、わたしはイチゴ鼻とその仲間たちをニラみつけてやった。いざとなったら、急所でもどこでも蹴りつけてやる。そんな覚悟だった。

試合開始から、せり合いになった。ラフなプレイも多かった。ケガ人も出はじめた。

前半終了。16対18。敵が2点リードして終わった。

後半開始。せり合いはつづく、シーソー・ゲームになっていた。

いよいよ、残り時間1、2分。

23対24。敵が1点リードしている。

あたしたちは、敵陣に攻め込んでいた。これが、最後のチャンスだろう。

スクラムから、ラインにボールが出た！　パスは、うまくつながる。

最終ランナーのわたしに渡った！　わたしはボールをかかえる。全速！

左へ！　敵のタックルをかわす！　芝生の上を駆ける！　ゴール・ラインが見える！
また一人！　右へかわす！
いけそうだ！　と思ったとたん、わきからまた一人！
イチゴ鼻だった！　かわそうとしたわたしの足を、やつは思いきり蹴った！
わたしは、芝生に転がる！　ホイッスル！
反則だ！　けどイチゴ鼻は知らん顔。わたしは、審判を見た。高校ＯＢの若い審判に、
「反則よ！」と叫んだ。
けど、審判はよく見てなかったのか、迷った表情……。そのときだった。
「どう見ても反則だな」という声。

パパだった。
いつきたんだろう。グラウンドのすぐわき。ピックアップ・トラックが駐めてある。その前にパパがいた。

「いまのは、反則としか見えないな」とパパ。ゆっくりと歩いてくる。

若い審判は、うなずく。イチゴ鼻は、フンッという表情。

「えらそうに言っちゃって」と言った。パパと向かい合うと、

「あんた、もと〈オール・ブラックス〉にいたって話だけど、本当の話なのかい？」と言った。敵のチームから、

「そうだそうだ」

「つくり話じゃないのか」などという声が上がる。

パパは弁解しない。無表情でイチゴ鼻たちを見ている。

「もし本当に〈オールブラックス〉にいたんなら、ここからのペナルティ・キックくらい軽いもんだよな」とイチゴ鼻。鼻の穴をふくらませて、

「やってもらおうじゃないか」と言った。敵のチームから、

「それがいい」

「やってみろよ」という声。おさまりそうもない。

やがて、

「わかったよ」パパは静かに言った。審判に、

「ペナルティ・キック、私が蹴ってもいいかな？」ときく。

「そりゃまあ、練習試合ですから」と審判。

「わかった……」

とパパ。ボールをうけとる。

半袖のポロシャツ。コットンの長ズボン。リーボックの靴。そんなスタイルで、ボールをキックの位置に持っていく。

キックで入れるには、ひどく難しいコースだった。まず、角度。ゴールに対して、ま横に近い。

二本のポストの間隔は、とんでもなく狭い。あそこを通すなんて、普通なら、まず考えられない。小さくパントを上げて、なだれ込む作戦に出るだろう。

それと、距離。かなりある。

ほとんどサイド・ライン近くからだ。ヘタな高校生プレイヤーじゃ、全力で蹴ってもゴールにやっと届くかどうか、そんな距離だ。

パパは、かがむ。ボールを芝生に立たせる。

グラウンド中の誰もが、息をのんで見守っている……。もちろん、わたしもだ。

パパがちゃんとラグビーをやってる姿も写真も、見たことがないからだ。

そして、このキックが入れば、もちろん、あたしたちの逆転だ。

やがて、パパは立ち上がる。

三、四歩下がる。深呼吸……。はるか先のゴール・ポストを、じっと見つめる……。

いや、ちがう。パパが見つめているのは、ゴール・ポストの先の空かもしれない。わたしは、そう思った。

わたしが7歳かそこらの頃。家のベランダで、パパはよくイスに坐ってビールを飲んでいた。子供だったあたしが、

「ママ、帰ってこないの？」ときくと、パパは軽く苦笑。

「ママは、あの雲の上にいるんだよ」と言った。青い空に浮かんでいる南洋の雲を指さした。

「あそこから、いつでもこっちを見てるんだよ」と、子供だったわたしに言った。

よく覚えている。

雲をながめていたパパの横顔。それは、いまの表情と全く同じだ。パパは、ゴール・ポストの先の雲を、じっと見つめているんだ……。

わたしは、体についた芝や泥を払うのも忘れて、パパの横顔を見ていた。

ゆっくりと、パパは一歩、ふみ出した。あとは、あっけなかった。

さりげなく三歩助走。

バム！

ボールを蹴った音が、グラウンドに響いた。

見たこともない弾道だった。野球のライナーみたいにボールは飛んでいく。二本のゴール・ポストの狭いすき間。そのすき間を突き抜けて、ボールは飛んでいく。

南洋の空に浮かぶ雲に向かって、ボールはぐんぐんと飛んでいく。みんな、茫然と、それを見ていた。

3秒後。味方チームの歓声が、グラウンドに響き渡った。鼻の奥がツンとした。

パパを見た。パパは、わたしに小さくウインク。もう駐めたトラックに歩きはじめていた。

『DEAR（ディヤ）　JIMY（ジミー）

ニュースが一つあります。

あたしのパパが、うちのチームのコーチをやることになりました。もう、はじめています。かなり厳しいけど、さすがにいいコーチぶりで、うちのチームはめきめきと腕を上げています。
娘のわたしに手かげんしてくれないのが、少し不満ですが……。とりあえず、それを知らせたくて手紙を書きました。
勉強がんばってください。……ペギーより愛をこめて』
『P・S　バーテンダーのパパは、近頃、カクテルのオーダーをあまりまちがえなくなりました』

ウイークエンド・ショット

「ち」おれは、舌打ちした。

「入らないなあ」両手で、皮のケースを持ち上げていた。

頭の上の荷物入れ。毛布や枕の入ってる荷物入れに、そのケースは、少しばかり長すぎた。

成田空港。朝10時。

C・O（コンチネンタル）562便は、あと2、3分で離陸しようとしていた。サイパン、グアム、ミクロネシアの島々を飛び石していく便だ。

週末のせいだろう。満席に近かった。前の方のシート。若い娘（こ）のグループが、ワッと歓声を上げた。カメラのストロボが光る。おれは、苦笑。やれやれ。修学旅行でもあるまいし。

「手伝いましょうか（キャンナイ・ヘルプ・ユー？）」背中で、きれいな英語がきこえた。ふり向く。白人のCA

が、笑顔を見せていた。

「ああ。このケースが、入らないんだ」

おれは、答えた。CAは、皮のケースをながめる。両手を腰に当てて、

「シートの下に入れるのも、無理ね」と、つぶやいた。

「OK、預かってあげるわ」ニコリと微笑(わら)った。

「助かるね」

「ミュージシャンなの?」ケースをうけとりながら、彼女はきいた。細長い皮のケースは、確かに楽器ケースに見えるかもしれない。トロンボーン。トランペット。サックス……。

「ああ。そんなところさ」

CAは、また、明るく微笑った。99%は、心の底から。1%だけ、給料袋から。そんな感じの笑顔だ。皮のケースを持って、飛行機の後ろに歩いていく。

ボーイング727は、雲の上に出た。ポンッと小さな音。〈NO SMOKING〉のサインが消えた。

おれは、KOOLを出す。一本くわえて、窓の外をながめた。

機内は、かなりにぎやかだった。ツアー客。新婚さん。ひとり旅の客は、おれだけかもしれない。

煙草に、火をつける。まぶしい雲をながめて、苦笑。ビリヤードのキューを持って、太平洋を飛んでいくバカも、珍しいだろう。しかも、ただ一発のショットを突くために……。

前の晩。渋谷にあるいつもの店で、玉を突いていた。相手は、かなり突ける男だった。が、エイトボールの5ゲーム全部、おれが勝った。

「ついてなかったな」

「ま……な」やつは、一万円札を、ビリヤード台にパサッと置いた。1ゲーム、二千円。一万円差がついたところで、現金精算。そんなルールで、玉を突いていた。

「さて、逆襲といくか」相手が、キューを握りなおす。RRRRR……。店の電話が鳴ったのは、そのときだった。

「卓（たく）」店のオヤジが、おれを呼んだ。

「なんか、国際電話らしい」おれは、受話器をとった。

「卓（タック）か？」香川の太い声だった。

「ああ。どこからだ」

「サイパンさ」

国際電話独特の一拍遅れで、香川の声がきこえる。やつは、大学時代の親友だった。卒業後、おれは広告の制作プロダクションに入り、やつはサイパンで暮らしはじめた。

「どうした。サイパンで革命でもおこったか」

「冗談いってる場合じゃない。船（ボート）が、とられそうなんだ、ボートが」声が、かなり、あせってる。

２千キロはなれた国際電話でも、それはわかった。

「とられるって、どうして」

「賭けビリヤード」

「ビリヤード？………」

おれは、思わずつぶやいた。

やつは、それほどビリヤードが得意じゃなかったはずだ。

学生時代は、スキューバ・ダイビングの同好会に入っていた。

卒業後も、そのままスキューバの仕事に入った。サイパンでインストラクターをはじめた。しばらくしてダイビング・ショップを開いた。

卒業して、もう4年。いいボートを手に入れた。ダイビング・ショップも、近々拡張する。そんなエア・メールが、きたばかりだった。

「船っていやあ、商売道具だろう」おれは言った。

「もちろん。だから、こうやって電話してるんだ」

「落ちついて、わけを話せ」

「ああ」

と香川。やっと普通のテンポで話しはじめた。〈酔っぱらってビリヤードをはじめたんだ〉〈つい気が大きくなって、賭けをしちまった〉

〈相手は、ヤシの樹一本賭けた〉なるほど……。ヤシの樹といえば、あっちの連中にとっちゃ財産といえる。

「で、おまえは、ボートを賭けたわけか」

「ああ……飲んでたんでな」

〈エイトボールの、7ゲーム・マッチだ〉〈3対3になった。決勝のゲームだ〉〈相手は、そこで代打ちを出してきやがった〉

「代打ち?」

「ああ。早い話、ピンチヒッターだ」

「で?」

「相手は、手強い。それでも、がんばったんだ」

〈お互い、自分の玉は、全部落とした〉〈あとは、8番を落とすだけ。おれの番だが、ひどく難しいんだ〉

「どんな」

「とにかく、難しいんだ」やつの声は、まだビビってる。ビリヤードは、メンタルな勝負だ。これじゃ、どんなチャンス・ボールでも、ドジるだろう。〈このワン・ショットを失敗したら、もう絶対に相手のチャンスだ〉

「ふいに酔いがさめちまったら」

「ことのヤバさに、気づいたってわけか」

「ああ……なんとかしてくれ」

「おれに、ピンチヒッターしろってわけか」

「そうだ。ピンチヒッターは自由。そういうルールなんだ」

「だが、おれは、水泳が得意じゃないんだ。そっちまで泳ぎつけるかな」

「冗談いってる場合じゃないんだ」

「わかった。悪かったよ。で？　いくとしても、明日になるが」

「いいよ」

「待ってられるのか」

「ああ。あしたまでこのままキープしておく」

「のんびりした島だな。とにかく、玉のポジションを教えろ」香川のいうとおり、メモ紙に描く。難しいことは難しいショットだ。

「わかった。で、あしたまで、誰がビリヤード台を見張ってるんだ」

「ポリ公だ」

「ポリ公？」

「ああ。やつも、おれたちの勝ち負けに、50ドル賭けてるからな」

「え!?　明日!?」旅行代理店の男は、電話のむこうで絶句。

「明日って……」

「たかがサイパンだ。しかも、一人だ。なんとでもなるだろう」

「しかし……」

「ダメだっていうんなら、ロケの仕事も、これまでだな」海外ロケは、いつも、やつの会社に世話させてた。ロケは、人数も多い。日数も、かかる。いい稼ぎになってるだろう。

「残念だな。じゃあな」

「ちょっと！　とりあえず、なんとか……」

「OK。じゃ、明日の朝、成田で会おう」電話を切る。

自分のキューを握る。ひねる。ネジ式のジョイント部分が、回っていく。

キューは、二本に分かれる。そいつを、ゆっくりと、皮のケースに入れていく。

店のラジオ。感度の悪いラジオから、W（ウイリー）・ネルソンの〈Whisky River（ウィスキー・リバー）〉が流れている。

「卓（タック）さん」チャモロ人が、手を振っていた。

まぶしい陽射しに、おれは、眼を細める。チャモロ人に見えたのは、誠（まこと）だった。

サイパン空港。おれは、空港の玄関を出たところだった。誠は、チャモロ人に見まちがえるほど、褐色に灼けていた。

「ごくろうさまです」

「ひさびさ」この前、この島にロケにきてから、もう半年にはなる。

「変わりませんね、卓さん」微笑（わら）いながら、誠が小さなバッグを持ってくれる。

「まだ、大学生みたいで」と言った。

「そういう誠は、まるで高校生だぜ」

「またあ」

褐色の顔から、白い歯。誠は、スキューバ・ダイビング同好会で、香川の後輩だった。2年ぐらい前から、香川のダイビング・ショップで働いている。

赤錆だらけのバン。どてっ腹に〈KAGAWA DIVING SERVICE（ダイビング・サービス）〉と描いたヴァンに乗り込む。

ガタガタと、ヴァンは走り出す。窓は、フル・オープン。ひさびさの南洋の空気。花と、潮風と、湿った草の入り混じった匂いを、胸いっぱいに吸い込む。

「しかし、どうして香川のやつ、そんなバカな賭けをやったんだ」おれは言った。

「もともと、かなりバカじゃあったが」と、つけくわえる。

「酒の勢いでしょうねえ」と、ハンドルを握った誠。

「酒か……」おれは、つぶやいた。

「何か、飲む理由があったのか」

「スーザンが……」と誠。「島を、出てったんですよ」

「スーザンが、出ていった……」おれは、つぶやく。

「つい半月前です」と誠。流れていく風景を、おれはながめた。

まぶしい陽射し。ブーゲンビリアのピンク。フラットな白い家……。

「半年前にきたときは、香川とうまくいってるように見えたがなあ」

「どうなんですかねえ。でも、香川さん、あのとおり、一本気なひとだし、その辺が……」ステアリングを切りながら、誠は微笑った。

「こういうことかもしれないな」おれは、KOOLをくわえる。

「おれも、他人にきいた話だが、女には二種類あるらしい」煙草に、火をつける。

「男の夢を、わかってくれる女」

「もう一種類は？」

「出ていく女」おれたちの笑い声が、乾いた風にちぎれていく。

「このドジ」皮のケースで、香川の背中を突ついた。

「おお、タック」香川が、ふり向いた。がっしりした体。灼けた顔。口ヒゲの下から、白い歯がのぞいた。ケンカと女に明け暮れた、学生時代そのままの笑顔だ。

「さてと」

皮のケースを、おれは開けた。その店は、ビーチ・ロード沿いにあった。〈BAR CORAL〉のネオンも、えらく安っぽい。

店のまん中に、ビリヤード台。天井じゃくたびれたフライ・ファンが、のろのろと回ってる。窓は、開けっぱなし。ヤシの樹のかなた、サンゴ礁の海が見える。

「朝が早かったんだ」

おれは、二つに分かれたキューをとり出す。

「眠くならないうちに、やっつけるとするか」ネジ式のジョイント部を回す。最後に、キュッと締める。ビリヤード台の上。玉は、ない。

10セント玉(ダイム)が、一個。25セント玉(クオーター)が、一個、置いてある。

「ダイムの場所が、8番の玉。クオーターの場所が、キュー・ボールだ」と香川。

「まるで、ゴルフのパットだな」

おれは、ニヤリと微笑(わら)った。玉じゃ、風やなんかで動くこともある。で、コインでマークしてあるんだろう。

台のまわりには、十人以上の連中。

「あいつが、賭けの相手だ」と香川。太った白人を眼でさす。

「で、あれが、向こうのピンチヒッターだ」

がっちりとしたチャモロ人。キューを握って立っている。アロハ・シャツのボタンがちぎれそうなほどの体格。眼だけは、対照的だ。抜け目なさそうに、キョロキョロと動く。

「さてと」白人の警官が、二個の玉をとり出す。

「そっちのピンチヒッターもきたようだし」

黒い8番の玉と白いキュー・ボールを、コインと入れ替える。

「さて、いくか」スウェット・シャツを、おれは脱ぐ。アロハになる。

「あの、キューを持っているやつから眼を離すな」

日本語で、香川にささやく。どうせ、金(チップス)で雇われた連中だ。何をするか、わかったもんじゃない。ゆっくりと、キューの先端に、チョークをつけていく。

8番は、台のへり（レール）に、ほとんどキスしていた。難しいショットだ。

「そこのコーナーだ」キューの先で、落とすポケットを指定。

「いくぜ」

キューを、かまえる。落ちつくんだ。自分に、いいきかせる。

このワン・ショットを突くために、2千キロ以上飛んできたんだから……。

息を、とめる……。突く。

白いキューボールが、黒い8ボールに当たる。8ボールが、ラシャの上を転がっていく。

コースは、ピタリだ。コーナーのポケットに向かって、8番は、転がっていく。

「おっと！」

チャモロ人のキューが、倒れそうになる。手が滑ったように見せかけて。実は、わざとだ。そのままキューが台の上に倒れれば、転がっていく8番がぶつかる。

が、おれはもう、キューを握りなおしていた。倒れかかってくるチャモロ人のキューを、自分のキューで叩き上げる。

叩き上げられたキューは、ふっ飛んでいく。

8番が、コトッとポケットに落ちた。おれは、もう一度、キューを握りなおす。

「この、イカサマ野郎が！」キューの台尻(バンパー)を、チャモロ人の腹に叩き込んでいた。

香川も、やつに飛びかかっていく。

「くらえ！」得意の頭突き。ゴツッと、にぶい音。チャモロ人は、頭をおさえてうずくまる。三、四人が、おれたちにかかってこようとする。身がまえた。

とたんに銃声。耳がキーンとなる。天井の漆喰が、バラバラと落ちてくる。

「勝負ありだ」

38口径のリボルバーを握って警官が言った。

「半分は、おれのものだな」笑いながら、ボートを見た。

「ああ。いつでも乗せてやるさ」香川も、笑い返してくる。

午後4時半。

ボートは、陸(おか)に上げてあった。

砂浜が、そのまま芝生につづく。そのあたりまで、台車に載せて上げてあった。

「ああ……そうか」と、おれはつぶやいた。

「何が、そうなんだ」ペンキの缶を持って、香川が近づいてきた。

「これさ」

ボートの腹を、ポンと叩いた。船名の描いてある場所。〈SUSANN(スーザン)〉の六文字……。

「あんなバカな賭けをやったわけは、こいつか」おれは言った。酔って半分やけっぱちで、恋人の名前をつけた船とグッバイする気で……。そんなところだろう。

「ふん」香川は、ぶっとい腕で白いペンキを塗っていく。

「いくらスーザンに逃げられたからって、あんな賭けをやるのは、ただのバカだ」

おれは、つぶやいた。香川は無言。ペンキを塗っていく。

〈SUSANN〉の船名が、塗りつぶされていく……。

おれの右手には、バドワイザーの12オンス缶。それを飲みながら、香川のペンキ塗りをながめていた。

鮮やかなグリーンの芝生。その一本一本が、夕陽に、長い影を引いている。

ボートの上。ラジカセから、昔のヒット曲が流れている。感度が悪い。グアムあたりからの電波なんだろう。

船名の六文字は、塗りつぶされた。

「さて……あしたも、働いてくれよ」

香川は、ボートを軽く叩いた。週末だ。ダイビング・スクールの客も多いんだろう。

「さて、一杯やりにいくとするか」

「じゃ、おごってもらうとしようか。最高級のマルガリータを、な」

立ち去る前の一瞬、おれは、ふり返った。カラカラと、ヤシの葉が揺れている。夕陽。水平線は、グレープフルーツ色に染まっていく。

香川がぶら下げたラジカセからは、プラターズの〈オンリー・ユー〉

ま新しい白ペンキの下から、六文字が、かすかに透けて見える。かすかに消え残った〈SUSANN〉の文字が、夕陽を照り返していた。

ミッシェルに伝言

ホノルル。快晴。午後3時過ぎ。

アラ・ワイ・ヨットハーバーの岸壁。

僕らは、広告写真の撮影をしていた。女物の水着（スイム・スーツ）。もちろん来シーズンのための広告写真だ。

その水着メーカーの宣伝部とは、つき合いが長い。ほとんど全部を、カメラマンの僕がまかされて、ロケにやってきた。

東京からやってきたのは、僕以外、カメラの助手（アシスタント）とヘアー&メイクだけ。そんな三人だけの撮影隊（クルー）だ。

ハワイでの手配は、すべてコーディネーターのケンがやってくれる。モデル二人も、ハワイの娘（こ）たちだ。ホノルルに着いてオーディションして決めた。

一人は、完全な白人。もう一人は、日米のハーフ。

その二人に、何種類もの水着を着せて撮りまくっていた。

一番神経を使うポスターの撮影は、きのうで終わった。

あと5日間、雑誌広告に使うカットを撮ればいい。天気も、安定していた。

何もトラブルがなければ、あと3日で撮り終えるだろう。ラストの2日は休み（オフ）。のんびりと自分自身の作品でも撮りながら過ごせるかもしれない。

彼、ホーと出会ったのは、そんなロケ中の午後だった。

「ん？」

僕は、思わずつぶやいた。キャノンのファインダーから、顔を上げた。

「どうした？」とコーディネーターのケン。僕のわきできいた。

「いや、あのおじさんが……」

僕は言った。ヨットハーバーの岸壁。その先端近くにいるおじさんが、ファインダーに入ってしまう。モデルの脚をより長く見せる。そのために、ワイド・レンズを装着しているからだ。

どうカメラを振っても、ファインダーのすみにおじさんが入ってしまう。おじさんは、東洋人らしい。岸壁に坐って、釣り糸をたれていた。

「ちょっとどいてもらおう」

とケン。言いながら、もう小走り。おじさんのところへ駆けていく。声をかける。

〈すまないけど、10分ぐらい場所を移ってくれないか〉たぶん、そんなことを、にこやかに話しているんだろう。東洋人のおじさんは、うなずく。釣り竿を持って立ち上がる。

わきに置いていた小さなポリバケツを持ち上げる。釣り場を移動しようとした。

そのときだった。頭のすみで、ひらめいた。

「ちょっと、ケン！」と、僕は声をかけた。

ケンが小走りで戻ってくる。

「あのおじさん、やたら絵になってるから、一緒に写真に入ってもらえないかな」

僕は言った。ヘアー&メイクの朝美（あさみ）も、

「あ、それ、いいアイデア」

と言った。釣り竿とポリバケツを手にしたおじさんを、あらためてながめる。

中国人(チャイニーズ)かヴェトナム人。年齢(とし)は、40歳前後だろう。痩せていた。が、肌の色つやはいい。髪は、きっちりと七三に分けてある。エリあしが、バリカンできれいに刈り込まれていた。白いアロハ・シャツと長ズボン。両方とも地味な色だが、清潔そうだった。白いソックス。NIKE(ナイキ)のスニーカーは、ほとんど新品。

全体に、身ぎれい。だが、ハワイで暮らす東洋人に独特の、のどかな雰囲気を持っていた。

「あのおじさんに、一緒に写真に入ってもらうの?」とケン。一瞬、不思議そうな表情。

「ああ」僕は、うなずいた。

水着の広告写真というと、どうしてもワン・パターンになってしまう。青い海と空。白い砂浜。そして、プロポーションのいいモデル。どこの広告も、結局は、そのパターンを少しずつアレンジしたものに過ぎない。しかし、

「あのおじさんと一緒にってのは、悪くないよ」と、僕は言った。そんな話をしているうちに、おじさんは、そのままどこかへ歩いていってしまいそうな気配だった。

「ほら、交渉して」と僕。

「了解！」とケン。また、おじさんの方へ駆けていく。つかまえる。話しはじめた。〈広告？〉とか、〈私が？〉とか、おじさんの話す英語が、風にのって切れぎれにきこえる。

5分後。

「ＯＫ！」とケン。両手でマルをつくってみせた。どうやら、交渉はうまくいったらしい。

「で、おじさんにどうやってもらえばいいの？」とケン。日本語で僕にきいた。

「そこに、ただ突っ立ってもらえばいい」と僕。岸壁の先端を指さした。

ケンは、うなずく。おじさんに、英語で説明する。おじさんは、実直そうな表情でうなずく。片手に釣り竿。片手にポリバケツ。岸壁の先端に立った。

僕は二人のモデルに、

「あのおじさんの両側に立って」と英語で言った。

二人は、言われたとおりにする。おじさんをはさんで、並ぶ。

狙いどおり。いかにもローカルで人のよさそうな東洋人のおじさん。きれいにメイクした水着姿のモデル。そのとり合わせが、面白い雰囲気をつくっている。少し黄色がかってきた陽ざしもちょうどいい。

「300ミリ」

僕はふり向いて言った。アシスタントの洋(ひろし)が、望遠の300ミリを出す。カメラに装着する。ファインダーをのぞく。ピンを送る。背景(バック)のボケぐあいも悪くない。

僕は、モデル二人に、

「彼の肩に、手をかけて、にっこり(ビッグ・スマイル)！　視線はカメラ！」

と叫んだ。二人は、おじさんに半歩近寄る。その肩に、両側から手を置いた。

いかにも、モデルらしいポーズ。ニッコリと白い歯を見せた。

予想どおり。おじさんは、照れた表情。モデルのいかにも慣れた笑顔との対比が、ユーモラスでいいテイストの絵になっている。

僕はもう、シャッターを切りはじめていた。軽いシャッター音が、遅い午後の岸壁にせわしなく響く。

「お疲れさま！」

僕は叫んだ。約100カット。おじさんとモデルの組み合わせで撮った。終わった。

「サンキュー！」と、おじさんにも叫ぶ。

おじさんは、少し〈やれやれ〉という顔。表情から、硬さが抜ける。

僕はケンに、「おじさんへのお礼よろしく」と日本語で言った。ケンは、うなずく。

おじさんの方へ歩いていく。ポケットから、10ドル札を何枚か出す。おじさんに渡そうとした。

けれど、おじさんが首を横に振っているのが見えた。ケンとおじさんは、3、4分話していた。やがて、ケンが肩をすくめる。僕の方へやってきて、

「お礼なんていらないっていうんだ」と言った。

「……しょうがないなァ……」僕がつぶやいたときだった。

「あの、ちょっと、あんた方……」という声。おじさんだった。ケンのすぐ後ろにきていた。釣り竿とポリバケツを持ったまま、

「礼のお金なんかはいらないけど、ちょっと相談にのってもらえるかな？」と英語で言った。

「相談？……僕らにできることなら」僕は答えた。おじさんは、僕に向かって、

「見たところ、あんた方は、広告をつくる仕事の人らしいけど」僕は、うなずいた。

「お店の広告？」とケンがきいた。

「そう」と、おじさん。ヒップ・ポケットから、札入れを出す。札入れから、一枚の名刺（カード）を出した。僕に渡した。店のカードだった。

〈VIETNAMESE　CUISINE（ヴェトナミーズ　キュイジーヌ）〉と小さめの文字。そして、〈PHO　MAI（ホー・マイ）〉と大きめの文字で印刷されている。店名だろう。

どうやら、ヴェトナム料理屋らしい。ホノルルにはチャイニーズほどじゃないが、ヴェトナム人もけっこういる。当然、ヴェトナム・レストランもある。

「その、ホー・マイという店名は私の名前でね」と、おじさん。ケンも、わきからカードをながめて、

「ヴェトナム料理屋をやっているわけか……」

店の住所はダウン・タウン。ヌアヌ通り（アベニュー）。

「で？　自分の店の広告をつくりたいと？」僕は、きいた。ホーおじさんは、うなずく。

「広告を出したいと思っていたんだけど、とりあえず、どこへ相談をもちかけたものかと思っていたところなんだ」と言った。

「ああ。そんなことなら、僕らでも充分に相談にのれるよ」ケンが言った。

ホーおじさんの表情が、電灯にスイッチを入れたみたいに明るくなる。

「もちろん」僕も答えた。あたりを見回す。陽は、もう完全な斜光。黄色くなり過ぎている。商品の水着の色が変わり過ぎる。

「きょうの撮影は、もう終わりだ」と、ケンたちに言う。

「もしよければ、これから話をきいてもいいけど」僕は、ホーおじさんに言った。

「そりゃ、ありがたい」とホーおじさん。

「なんなら、私の店にきて話をきいてくれないか。一杯おごらせてもらうよ」と言った。僕は、うなずく。

「ワイキキにみんなを送ったら、すぐ店にいくよ」と言った。

「わかった」とホーおじさん。近くに駐めたピックアップ・トラックに歩いていく。かなり錆びの出たMAZDA(マツダ)だった。僕らも、自分たちのヴァンに撮影機材を積み込みはじめる。

ワイキキに戻る。

モデル事務所で、二人のモデル。泊っているコンドミニアムで、アシスタントの洋とヘアー&メイクの朝美。それぞれ、おろす。僕とケンは、ダウン・タウンにヴァンを向けた。

〈PHO・MAI〉は、すぐに見つかった。ヌアヌ通りの南端。ホノルル港のすぐ近くだ。小さい。が、小ぎれいな店がまえだった。

窓は、大きなガラスばり。店の中が道路から見える。ガラスには、文字が描かれている。名刺にあったのと同じ、

〈VIETNAMESE　CUISINE〉そして

〈PHO　MAI〉の店名。その下に漢字で、

〈越南菜館〉と描かれている。僕の記憶にまちがいがなければ〈越南〉とはヴェトナムのことだ。僕らは、店の前にヴァンを駐めた。おりる。

店のガラスが、夕陽を照り返している。店のドアは、開けっぱなしになっていた。入る。

ホーが、ちょうど奥のキッチンから出てきたところだった。

「どうもわざわざ、すまないね」と言った。
「いや。気にしない気にしない。どうせ、きょうの仕事は終わったし」と僕は言った。
「そうか……。まあ、かけて」とホー。僕らにイスをすすめた。自分は、いったん奥に入る。

まだ、時間が早いんだろう。客は一人もいなかった。僕とケンは、イスにかける。店内を見回す。素朴な木のイスとテーブルが7組。そのうち2組は、ガラスごしに道路に面している。

僕らがすすめられたのは、その2組のうちの一つだった。

広い窓ガラスの外。描かれている文字の間から、ホノルル港（ハーバー）が見えた。

開けっぱなしの広いドアから、ときどき、海からの風が入ってくる。天井では、フライ・ファンがゆっくりと回っていた。全体に、清潔な食堂という感じだった。

テーブルには透明なビニールが敷いてある。その下に、メニューがあった。

見るともなく、僕はそれをながめる。

〈火車式特別牛肉粉　$3・95〉とあるのは、下についている英語によると、ステーキはじめいろいろな具の入ったヴェトナム流の麺（ヌードル）らしい。

〈牛丸　$3・75〉とあるのは、牛の肉ダンゴが、やはり麺に入ったもの。

そんな麺類が、メニューの中心らしい。

飲み物もいろいろある。

〈黒珈琲　$1・15〉はエスプレッソ・コーヒー。

〈七喜水　$0・70〉はセヴンナップ。東洋人の店にしては珍しく、酒類(リカー)も置いてある。

やがて、ホーが僕らのテーブルにやってきた。席につく。奥に向かって、何か早口で叫んだ。ききとれなかった。ヴェトナム語かもしれない。すぐに、ヴェトナム人の若い男が出てきた。お盆(トレイ)の上に、ビールとグラスをのせていた。

ホーの前には、BUD(バドワイザー)ライト。僕らの前には、PRIMO(プリモ)を置いた。

「まあ、とりあえず一杯」

とホー。僕らはグラスにビールを注ぐ。ホーと僕らは、ビールのグラスを合わせた。僕とケンは、グラスの半分ぐらい、一気に飲む。一日中、陽ざしの下での撮影だった。体が乾いていた。フーッと、軽く息を吐いた。

「ホノルル・アドバタイザー?」とケン。グラスを運ぶ手を、思わずとめた。
「ああ」とホー。「ホノルル・アドバタイザーに広告を出したいんだ」と言った。

確か、ホノルル・アドバタイザーはハワイでも最大の新聞だ。

「で……どのぐらいの大きさの広告を何回ぐらい？」とケン。

「そうだなあ……」とホー。しばらく考えて、

「まあ、大きさはこのぐらいは欲しいなあ」

と、両手の指で四角をつくった。葉書(カード)ぐらいの大きさだった。

「で、広告の回数は……毎週といいたいところだけど、予算的に無理なら、月に1回でもいい」とホー。

そのときだった。客が入ってきた。若いヴェトナム人のカップル客だ。常連なんだろう。男の方が、ホーに片手を上げげた。またヴェトナム語らしい早口で、客とホーは、ひとこと、ふたこと。カップル客は、一番奥の席につく。すぐに、若い店員が出てきた。客の注文をとりにいく。

「一つ、きいてもいいかな？」とケン。
「ああ、いいよ」とホー。
「広告を出すのはいいけど、ホノルル・アドバタイザーってのは、どうかな。お金

がかかる割りに、効果があるかどうか……」

とケン。僕も、同じことを考えていた。見たところ、この店の規模は小さい。ダウン・タウンにいくつかあるヴェトナム食堂の一つに過ぎないだろう。おまけに、ヴェトナム人はヴェトナム人の社会をつくっている。おそらく、客のほとんどが常連客だろう。

「その辺を考えると、ほかにもっといい媒体があるんじゃないかな」と僕。

「あんなメジャーな新聞に広告を出しても……」と言いかけるケンに、

「いや。回数は少なくてもいいからホノルル・アドバタイザーに広告を出したいんだ」とホー。きっぱりと言った。

「何か、特別な理由があるみたいだな」
僕は言った。三人とも、二本目のビールを飲み干したところだった。店員が、三本目を持ってくる。ホーは、あまり酒に強くないんだろう。もうかなり、顔を赤くしている。その顔を正面から見ると、
「もしよかったら、その理由をきかせてくれないかな」と僕は言った。

「それがわかれば、どんな広告をつくったらいいかも自然にわかるし」

「………」ホーは、黙り込む。眼の前のグラスをじっと見る。窓から入る夕陽。ビールが、金色に光っていた。

「………」たっぷり3分は黙っていただろうか。ボクシング1ラウンド分だ。

やがて、ホーは顔を上げた。心を決めたらしい。

「……あんたたちになら、別に、話して悪い理由はなさそうだしね……」と、つぶやいた。

「ある人への伝言？」僕は、思わずきき返した。ホーは、小さくうなずく。

「ああ……広告を出す目的の半分以上、いや、ほとんどは、ある人へ向けての伝言なんだ……」と言った。

「……で、そのある人とは？」とケン。ホーは、またしばらく無言。ビールを、ぐいとひと口飲む。フーッと息を吐く。

ポツリと、

「……あれはもう、17年も前のことになる……」と、話しはじめた。

「……当時、私は、ヴェトナムにいた……」

「まだ戦争をやっている頃のヴェトナム？」とケン。

「ああ、もちろん」とホー。

「あんたも、戦っていた？」と僕。ホーは、うなずく。

「南ヴェトナム軍だ」

「じゃ、米軍と一緒に？」

「ああ……毎日、北側と激しい戦いがつづいていた」とホー。〈ヴェトコン〉とは言わず〈北側〉と言った。そこはヴェトナム人だ。

「……24歳の秋だった……」とホー。話をつづける。

「私は、ジャングル戦で負傷してしまった」ホーは、何か、村の名前らしい地名を言った。が、ヴェトナム語らしく、ききとれなかった。

「村を出たところのジャングルで、敵のゲリラ攻撃にあった。……自動小銃の弾を、左ヒジにくらった」

「貫通？」とケン。ホーは、うなずく。

「ヒジの骨が、複雑に砕けたらしい。それを治すために、私はサイゴンの大病院に送られたよ」

「…………」

「手術が終わっても、当分は病院暮らしだった」

「寝たきり？」と僕
「いや。左腕はギブスと包帯で固定されていたけど、ほかは負傷していないから、手術後2週間目ぐらいからは出歩けた」とホー。また、ビールをひと口。

「……そんな頃の、ある午後だった……。私は病院の庭にいた。木陰で、太い幹によりかかっていた」

「…………」

「ふと気づくと、カメラのシャッター音がして、私は顔を上げた」

「…………」

「すると、アメリカ人の若い女が立っていた、カメラを持ってね」

「…………」

「無断で写真を撮ってごめんなさい。まずそう言うと、雑誌社の契約カメラマンなのだと彼女は自己紹介した」

「……美人だった？」つい、僕はきいた。５秒……６秒……７秒……。

「ああ……」とホー。軽く苦笑い。うなずいた。

「ヘルメットをかぶって、ごついカメラを、そう、さっきあんたが持ってたような日本製のカメラを持ってたけど……」ホーは、ひと息、言葉を切ると、

「当時の私には、天使みたいに見えたよ」と言った。僕とケンは、小さくうなずいた。

「もう少し写真を撮っていいかしら、と彼女がきいて、私は別にかまわないよと答えた」

「…………」

「彼女は、負傷したヴェトナム兵の写真をさらに４、５枚撮った。そして、何か、欲しいものはないかと私にきいた」

「で、何と？」僕は、きいた。ホーは、また苦笑い。

「笑ってくれてもいいが、私は思わずコカコーラと口に出していたよ」

「コーク？」

「……ああ。本当に飲みたかったんだ。病院じゃ出ないし……」

「外へ出て買えば？」

「当時のサイゴンじゃ、コカコーラは貴重品だったし、だいいち金がなかったんだ。負傷してサイゴンに送られるまで、野戦病院で眠ってるうちに、有り金全部、

盗まれていて」

「誰に？」

「同じヴェトナム兵かもしれないし、アメリカ兵かもしれない。衛生兵かも……戦争の現実なんて、そんなものさ」とホー。

「で、彼女はコークを持ってきてくれた？」とケン。

「ああ。30分ぐらいして戻ってきた。氷のつまったM16ライフルの弾丸ケースに、コカコーラが二本入っていた」

「………」

「そのとき飲んだコカコーラの味といったらなかった……」ホーは、遠くを見る眼。

「………私たちは、庭の木陰に坐り込んで話しはじめた」

「………」

「私は彼女に最前線の話やなんかをきかせた。彼女はときどき、メモをとっていた。ホー・マイという私の名前もね」

「………」

「そのメモをとる彼女の横顔に、私は見とれていたよ」

「ひと目惚れだったんだな」とケン。

「……まあね……」とホー。目尻が3ミリほど微笑(わら)った。

「彼女のことは？」僕は、きいた。

「あがってたんだろうなあ。3時間もしゃべってて、ほとんどきけなかった」

「何も？」

「いや……。生まれ育ちがハワイというのはきいたよ」とホー。

「なるほど」僕は、つぶやいた。謎の99パーセントはとけた。

「まだ、きのうのことのように覚えている」とホー。

「ハワイの空や、海や、乾いた風がどんなにいいか。それを話す彼女の表情。そして、声……」

「……本当に、惚れたんだな……」とケン。あらためて、つぶやいた。

「で、彼女の名前は？」と僕。

「たそがれになって、彼女と握手して別れるときに、やっときいたよ」

「そしたら？」

「ミッシェルというファースト・ネームだけ、教えてくれた」

「ミッシェルか……」僕は、思わず、つぶやいた。同時に、軽いため息。ミッシェル……。たぶん、ハワイでも最も多い名前の一つだろう。

「お互いにあしたの命もわからないのだから、ミッシェルとだけ覚えておいて。彼女は、少しだけ悲しそうにそう言った」とホー。

「……もう、私たち南側の敗北は見えていたしね……」とつけ加えた。

「……彼女とは、それっきり？」僕は、きいた。ホーは、うなずいた。

「ヒジが完治して、私はまた前線に戻ったよ」

「M16を手に？」

「ああ……。もう、サイゴン陥落は近く、何回も命を落としそうになったが、私には心のささえがあった」

「ミッシェル？」ホーは、うなずく。

「生きていれば、また会えるかもしれないと思って、最後の戦闘を生き抜いたよ」

「…………」

「やがて、戦争の終結が近づいて、私には選択権が与えられた」

「選択権？」

「ああ。望めば、アメリカに住める権利だ」

「ずいぶん優遇だなァ」

「自分で言うのもなんだが、これでも勇敢な兵隊だったんだ。アメリカの勲章も、いくつかもらっていた」

「なるほどね……で？」

「もちろん、ためらわずアメリカへの移住を希望したよ」

「アメリカでも、ミッシェルのいるハワイ？」ホーは、うなずいた。

「ハワイに着いて、がっかりしたことが一つと、嬉しかったことが一つあった」

「がっかりしたことは？」

「ミッシェルってファースト・ネームだけじゃ、彼女を捜すのが不可能だとわかったこと」

「雑誌社の名前は？」

「それも、ききそこなった」

「じゃ、見つけるのは難しいね」とケン。

「で、嬉しかったことは？」と僕。

「このカラッとした風さ」とホー。

「あの、体にまとわりつくような陰湿なヴェトナムの風に比べれば、ハワイの風はカラッと乾いて優しい。この風に吹かれているだけで、元気がでるね」

僕らは、微笑いながらうなずいた。

「で、元気が出た？」とケン。

「ああ。ヴェトナム料理屋の住み込みウェイターからはじめて、とにかくよく働いたよ」とホー。

「もしかしたら、あのヴェトナム戦のとき以上に必死でね」

と苦笑い。

「やがて、アパートメントの部屋も持てて、永住権もとれて……とうとう、3年前に、この店を持つことができたわけさ」ホーは言った。ビールをひと口。

「……結婚は？」とうとう、ケンがきいた。ホーは、首を静かに横に振った。

「いや」ポツリと言った。

「ミッシェル？」僕が、きいた。ホーは、かすかに、うなずいた。

「まだ、心のささえなわけか……」とケン。

「だから、自分の存在を知らせたくて、ホノルル・アドバタイザーに広告を出すわけだ……」僕は、つぶやいた。ホーは、眼でうなずいた。

「……もう17年もたっているんだから、当然、結婚しているだろうし、子供だっているかもしれない……。けど……」

「けど?」

「それでも、やはり彼女に伝えたいんだ。……あのときの負傷兵が、いま、こうしてホノルルにいることを……」

「……もちろん、会いたいんだろう?」とケン。

「……そりゃ、ね。会って、伝えたいよ」

「なんて?」

「……彼女にまた会えるかもしれない。それをささえにして、戦争を生きのびて、こうして、小さいけど店も持てるようになった。そのことをね……」僕とケンは、静かに、うなずいた。


結局、僕らはホーの新聞広告に全面協力することになった。

ケンは、知り合いの広告代理店と交渉する。できるだけ安く、ホノルル・アドバタイザー紙の紙面をとる。

僕は、無料で広告用の写真を撮ることにした。といっても、難しい撮影ではない。この広告を見るかもしれないミッシェルのために、ホーの顔がある程度大きく写っていればいいのだ。

あとは、彼の名前であり店名でもある〈PHO　MAI〉。彼女への伝言には、その二つだけが大切なのだ。

水着の仕事が終わった翌日。彼の店で撮った。白いシェフ・スタイルのホー。七三に分けた髪に、白髪が見える。

「若く見えないと、彼女が気づいてくれないよ」

僕は微笑(わら)いながら言った。メイクの朝美に、すぐ洗い落とせる部分染めで黒く染めさせる。前髪も少したらす。5歳は若くなった。

最後に、店の代表的メニュー〈火車式特別牛肉粉〉の丼(ボウル)を持たせる。

今回は水着のモデルもいないせいか、ホーも、あの岸壁のときほど照れてはいない。おだやかに微笑んで、カメラにおさまった。

僕らがホノルルを出発する前日。モノクロの紙焼き(プリント)が上がってきた。彼の人柄のにじみ出た、いい写真になっていた。

日本に帰って3週間目。
ケンから、ホノルル・アドバタイザー紙が送られてきた。
葉書(カード)サイズの横長の広告が載っていた。左半分は、ホーの写真。麺(ヌードル)の丼(ボウル)を持って微笑んでいる。右半分には、まず、大きく彼の名前で店名の、〈PHO MAI(ホー・マイ)〉
そして、小さく、〈あなたを絶対に満足させるヴェトナム・レストラン〉
という意味のコピー。店の住所。電話番号。
決して、しゃれた広告じゃない。が、小さなスペースに、大事なことは全部入っている。〈これを、1週間に1度、掲載できることになった〉と、簡単なケンのメモがついていた。

しばらく、ハワイ・ロケがなかった。つぎにホノルル空港におりたったのは、4か月後だった。朝の空港。ケンの顔を見るなり、

「ホーの店、どうした?」と、僕はきいた。

「ボクも、ここしばらくいってないんだ。さっそく、いってみよう」とケン。

昼前にホテルにチェックイン。ほかのスタッフは、ホテルのレストランで昼食を

食べるという。

僕とケンは、ヴァンでダウン・タウンに向かった。きょうも快晴のホノルル。H1をおりて、クルマはダウン・タウンに入っていく。ヌアヌ通り（アベニュー）を南へ。通りのかなたに見えるホノルル港（ハーバー）。入港している船の旗が、風に揺れている。やがて、ヌアヌ通り（アベニュー）が、港にぶつかる。その少し手前。〈PHO MAI〉（ホー・マイ）が、近づいてきた。

そのとき。ステアリングを握っていたケンが、「あれ!?」と、思わず声を上げた。

〈PHO MAI〉の前に、人だかりができていた。正確に言うと、順番を待つ人の列だ。
僕は、腕のダイバーズ・ウォッチを見た。昼の12時45分。ランチタイムだ。それにしても、
「こりゃ、どうしたんだろう」とケン。ヴァンを、店の前にとめる。エンジンをかけっぱなしにして、僕らはクルマをおりた。順番待ちをしているのは、ヴェトナム人だけじゃない。チャイニーズ。ハワイアン。白人もいる。

誰かが呼ぶ声！　僕らの姿を見つけたんだろう。混雑した店から、ホーが出てきた。僕らの方に駆け寄ってくる。

「どうしたの、この繁盛のしかたは」とケン。

「あんた方のおかげだよ」とホー。

「あの新聞広告の効果があって、この1か月、ずっとこんな客の入りで」と言った。

「とにかく、あんた方のおかげだよ」ホーは、僕とケンの手を、両手で包むように握った。

「そりゃ、とにかくよかった」とケン。

「意外なことも起こるもんだなァ」僕は、つぶやいた。人の列をながめる。ホーに向きなおると、

「ところで、あのミッシェルは？」と、きいた。ホーは、一瞬、淋しそうな表情。首を横に振った。

「でも、私の店がどんどん有名になれば、きっと彼女も気づいてくれると思うよ」と言った。もう、元気な表情に戻っていた。

「ほら、あそこ」とホー。ガラスばりの窓を指さした。窓には、白いレースカーテンがかかっていた。

「ミッシェルが店にきたら、あの窓ぎわの席に坐ってもらうんだ」ホーは言った。

その瞳が、少年のように輝いていた。

「そして……二人で、またコークを飲む?……」と僕。ホーは答えず、ただ微笑している。店から、若い店員が顔を出した。ホーを呼んだ。

「ちょっと待ってて。すぐに席をつくるから」とホー。店の中へ駆け込んでいった。

僕は、パーキング・メーターにもたれる。揺れるヤシの葉を見上げた。まぶしくて、眼を細める。僕らのつくった広告は、まぐれ当たりのように客を呼んだ。けれど、ホーが一番知らせたかった人には、彼の伝言はまだ届いていない。

一番店にきて欲しかった客は、まだ来ていないのだ。

僕は、ただ、その事実だけを思った。それ以外、何も考えないことにした。

眼を細めたまま、〈PHO MAI〉の店をながめた。

強い陽ざしが、よく磨かれた窓ガラスに光る。海風が、店内に吹き込む。窓にかかったレースのカーテンが、かすかに揺れた。

つけっぱなしのヴァンのカー・ラジオから、S(スティービー)・ワンダーの〈For Once In My Life(フォー・ワンス・イン・マイ・ライフ)〉が流れていた。

パイナップルが散った

ハワイ。マウイ島。

広大な私有地の中にある砂浜。

僕はモーター・ドライヴを装着したカメラを。ケニーは45口径のオートマティックを。それぞれ手にして立っていた。

「さて、やるか」望遠レンズを装着しながら、僕は言った。

雑誌の仕事だった。ハワイを舞台にしたサスペンス・ストーリー。それ全体を、写真で構成する。そんな企画だった。

何百カットもの写真が必要だった。が、これはその中でも最も大切なカットの一つだ。

主人公がパイナップルを標的に砂浜で射撃の練習をする。そのワン・カット。

砂浜に置かれたパイナップルに弾丸が命中した瞬間、パイナップルが砕け散る瞬間を撮るのだ。

僕は、三脚にカメラをセットした。毎秒5コマの連写。シャッター・スピードは2千分の1秒。

となりでは、ケニーが拳銃にハローポイントの弾丸をこめていた。

彼は、ハワイ州警察の警官だった。知り合ったのは、撮影現場(ロケ)だった。特にCFの撮影では、用心のために警官に待機していてもらうことは多い。本職の警官が、バイトで来てくれるのだ。

僕がやった何本かの撮影に、彼はポリス・カーで来てくれた。そのときはいつも現場の見張りだ。が、きょうの仕事は少しちがう。20メートル先のパイナップルを、撃ち砕くのだ。

が、彼が射撃の腕きだということは、以前からきいていた。

用意された30個のパイナップル。その一個目が、ガイドの手で砂浜に置かれた。僕とケニーは1メートルぐらい離れて並ぶ。お互いに、イヤー・プロテクターはつけない。

「用意(レディ)!」

僕は叫んだ。シャッターに指をかける。ケニーは両手で拳銃をかまえる。その顔が、いつもとはまるでちがう。鋭い表情になっていた。

「発射（ファイアー）！」

連写音と銃声が同時に響いた。ファインダーの中。パイナップルの上半分が砕け散った。僕はファインダーから顔を上げると、

「もう少し下を狙ってくれないか」

とケニーに言った。彼は、わかっているという表情でうなずいた。事実、それから後のすべて、パイナップルのど真ん中に命中させた。

撮影は終わった。ケニーは、拳銃をしまう。その指に、いつもの結婚指輪がないことに、ふと僕は気づいた。僕のけげんな表情に、

「離婚したんだ」

ひとことだけケニーは言った。僕は、ただ無言でうなずいた。よく撮影現場に連れてきていたブロンドのワイフをちらりと思い出していた。

もしかしたら、一発目の着弾点が少しだけ高かったのは、手から消えた結婚指輪の重さのため……。そんなあまり意味のないことを、僕は思った。僕とケニーは、無言でガイドのジープに向かって歩きはじめた。

サイド・シートの7人目

もう何年か前になる。海岸で、ばったりと友人に出会った。

ホノルルの東。ルート72を30分ほど走ったあたり。小さな海岸公園（ビーチ・パーク）だ。見覚えのあるクルマが駐まっていた。

「よお、ニック」僕は、声をかけた。運転席の白人男が、ふり向いた。灼けた顔の中で、大粒の歯が白く光った。

「ひさしぶり」僕らは、腕相撲のようなハワイアン・スタイルの握手。

「いつハワイに？」とニック。

「3日前だ」

「また、撮影（ロケ）の仕事か？」僕は、うなずいた。

ニックと知り合ったのも、撮影の仕事だ。彼は当時、撮影のコーディネーターをやっていた。3年前に、コーディネーターをやめて、いまは、シーフード・レストランのオーナーだ。

「あい変わらず、このクルマか」

僕は、ニックのクルマをながめて言った。英国製のスポーツ・カー。オープンタイプのものだ。彼とはじめて会った時から、これに乗っていた。気に入っているらしい。

「珍しく、一人なのか？」僕は言った。ニックのとなりには、いつも女がいた。

「ガールフレンドは、いま、泳いでる。もうすぐ戻ってくるだろう」とニック。目の前の海岸を指さした。

「あの中国系(チャイニーズ)の娘(こ)か？」僕は、きいた。

「チャイニーズ？」

「ああ。いつかピザ・ハットの前で出会った、長い髪の」

「いや、彼女はダメだった」とニック。苦笑いしながら、

「このクルマに乗ると尻(ヒップ)が痛いとぬかすのさ。ウォーター・ベッドみたいなフカフカのクルマがお好みらしい」

「そうか……。じゃ、あの白人の娘か？」

「白人？」

「ああ。いつか、クヒオ通りのディスコで出会った。確か、U・H（ハワイ大学）の学生とかいってた」

「ああ、あれもダメだった。このクルマに乗ると陽に灼けるといってね。陽灼けどめを買ってやったけどムダだった」

「そうか……。じゃ、あの日系の娘か？　いつかワイキキ・シェルの駐車場で会った」

「ああ、彼女とも別れた。このクルマで走るとヘア・スタイルがメチャメチャになるっていうんでね」とニック。両手を広げて苦笑い。

「ご苦労だな。もう何人変えた？」

「このクルマに乗りはじめて6人。いまのが7人目さ」とニック。

「ああ、きたきた」海岸の方をながめて言った。僕も、そっちを見た。

午後の砂浜。一匹の犬が、小走りにやってくる。黒い中型犬だった。犬は、クルマの手前で立ち止まる。体を、ブルブルとふるわせた。飛び散った水滴が、陽ざしに光った。

「紹介するよ。ジニーさ」とニック。ジニーは、握手するかわりにシッポをひと振り。クルマの助手席に飛び乗った。

「それじゃ、撮影(ロケ)が終わったら、一杯やろう。時間があれば、ノースに遊びにいってもいいし」

「連絡するよ」

僕らは、うなずき合った。ニックは、イグニション・キーを回す。エンジンが底力のあるバリトンで準備完了と言った。カーラジオからＫ(ケニー)・ロジャースの曲が流れはじめた。ニックのクルマは、海岸公園(ビーチ・パーク)を出ていく。バンパーが、午後の陽ざしを照り返した。

ティファニーと夕食を

「ねえ、ティファニー」とヘアー・メイクの桂子。後ろに立って髪をほどきながら、

「ヨシさんとは、もう?」と、きいた。

ハワイ島。カイルア・コナの北にあるリゾート・ホテル。モデルのティファニーの部屋だ。

日本のデパートのためのロケだった。ポスターと雑誌広告の撮影。合わせて1週間のロケ。その5日目が、いま終わったところだった。たそがれの陽が、斜めにさし込んでいる。

「ねえ、もう? それとも、まだ?」と桂子。

「残念ながら、まだよ」

ティファニーは、上手な日本語で答えた。ホノルル生まれ。小さい頃から、日本人の友達も多かった。モデルになってからも、日本のロケ隊との仕事が多かった。

日本語に不自由はない。

「まだなのかァ……」

と桂子。残念そうな声でつぶやいた。

ヨシさん、つまりカメラマンの吉川との間が噂になっているのを、ティファニーはよく知っていた。

噂にならなかったら不思議なくらいだろうとも思う。

吉川がハワイ・ロケにきたのは、この1年間で10回。そのうちの8回、ティファニーがモデルをやった。

というより、吉川の指名だった。どんなにぶいスタッフでも、吉川がティファニーをお気に入りなのはわかるだろう。

そして、ティファニーも、吉川のことを好きだった。

初対面はオーディション。吉川の直線的なまなざしにドキリとした。2回目のロケ。自分を撮る彼の真剣さが胸を熱くした。3回目のロケ。通り雨(シャワー)の砂浜。自分の肩にかけてくれた彼のサマー・セーターが、優しかった。

それでもまだ、彼とは恋人になっていない。

いつも夕食に誘われる。けれど、一度もOKしていない。

吉川の気持ちがいいかげんでないことは、わかっている。ティファニーを思いとどまらせているのは、距離だった。彼の住む東京と自分の住むハワイとの距離だ。つらい恋になるかもしれない。そんな予感があった。

桂子が出ていった一人だけの部屋。ティファニーは、冷蔵庫を開けた。缶ビールをとる。たそがれのベランダに出た。

缶ビールを開ける。ひと口……ふた口……。そして、フーッと大きく息をはく。

ふと、ティファニーは缶ビールを頬にあてた。5日間の撮影で、少し肌がほてっている。冷たい缶が、気持ちよかった。

ビールのささやきがきこえたのは、そのときだった。たぶん、発泡する音なんだろう。けれど、それは何か、ささやきのようにきこえた。

〈そんなに重く考えちゃいけないよ。私のように、サラリと、軽く〉ビールの神様がそんな風に言っているようにきこえた。

やはり、そうなのかもしれない。人生は短く、そして一度きりなのだ……。

どのくらいたっただろう。ティファニーは、ビールをグイと飲み干す。部屋の電話に向かって歩きはじめていた。

10分後。

「そうか……」と吉川。いつもの落ちついた声で、

「ティファニーと夕食にいくんじゃ、めかしこんでいかなきゃな」と言った。5秒ほど間があいて、

「1時間後に、下のロビーで」彼の言葉が、受話器から響いた。

エアポートで待ちぼうけ

「エクスキューズ・ミー」後ろで声がした。

僕は、ふり返った。軍服を着た白人男が立っていた。

ハワイ。ホノルル空港。到着（アライヴァル）ロビーを出たところ。タクシー乗り場のすぐ近くだ。

比較的きちんとしたカジュアル・ウェアの到着客たち。アロハ・シャツやムームーの目立つ出迎えの人間たち。そんな風景に、男の軍服はあまり似合っているとは言えなかった。

が、毎月のように撮影でハワイにきている僕は知っていた。

ハワイは観光地であると同時に、米軍基地の島なのだ。

民間機のための国際空港のすぐとなりは、ヒッカム空軍基地だ。

離着陸する僕らのジャンボ・ジェットからも、迷彩色に塗られたB52爆撃機がま近に見える。

カイルア湾（ベイ）の海岸で同時録音の撮影中、頭上を飛んでいくファントム戦闘機の爆音でNGになったこともあった。

「英語が、わかるかい？」軍服の男が、ゆっくりとした英語できいてきた。

「少しなら」僕は、答えた。男は、うなずく。

「ちょっとトイレにいってきたいんだが、その間、これを持っててくれないか？」と言った。ビニール袋に入ったものを、僕にさし出した。

透明なビニール袋に入っているのは、レイだった。白いプルメリアと赤いカーネーションを編んだレイが、丸まって入っていた。

彼は、誰かを迎えに、空港にやってきたのだろう。レイは、そのあたりのレイ・スタンドで買ってきたらしい。

「もちろん」僕は言った。彼から、ビニール袋をうけとる。

「じゃ、すぐ戻ってくるから」と軍服の男。空港の建物に入っていった。

僕は座ることにした。すぐ近くにあるコンクリートの囲いに腰をおろした。ヤシの樹が立っている。その周囲を四角くコンクリートが囲っている。ちょうど座るのにいい高さだった。僕は、そこに腰かける。空を見上げた。

朝の9時半。もう、ホノルルの空は濃くまぶしいブルーだった。乾いた風に、ヤシの葉が揺れている。

深呼吸を一つ。僕は、あたりをながめた。軍服の男が僕に声をかけた理由は、すぐにわかった。

一人でぼんやりとしている人間など、あまり見当たらない。

ぞろぞろとバスに乗り込んでいく団体客。リムジーンやタクシーに乗り込んでいく新婚さん。そういう客たちを世話するツアー会社の人間たち。

みな、忙しそうにしていた。僕だけが、一人、ぼんやりと佇んでいたのだ。

軍服の男が、戻ってきた。軽く笑顔を見せると、

「やあ、ありがとう、ボーイ」と言った。

ボーイか……。僕は、胸の中で苦笑した。

いま27歳。しかも、日本でさえよく学生に見られる。ボーイと呼ばれても、しかたないだろう。

軍服の男は、レイの入ったビニール袋をうけとる。あたりを見回した。出迎える相手は、まだらしい。

僕は、見るともなしに、男をながめた。年齢は、四十代の半ば。50歳に近いかもしれない。

制服は、海軍だった。正確な階級は、僕にはわからない。が、将校クラスであることは確かだ。俳優のヘンリー・フォンダを、ひとまわりがっちりさせたような風貌をしていた。

男は、まだ周囲を見回している。

その軍服姿とビニール袋に入ったレイは、やはり、あまり似合っていなかった。

彼は、腕時計を見た。どうやら、かなりの時間待っている様子だった。

やがて、彼は、あきらめる。僕の方に歩いてきた。やれやれというかすかな苦笑い。

僕のとなりに座った。

「君は、誰か出迎えを待ってるのかい？」ときいた。僕の足もとにあるバッグとカメラ・ケースをながめた。僕は、うなずく。

「迎えにくるはずのコーディネーターが、まだこないんだ」と言った。

「コーディネーター？」と軍服の男。不思議な表情。

「コーディネーターってのは、簡単に言えば撮影のガイドなんだ」僕は言った。

「撮影？」

「そう。たとえば、カピオラニ公園でモデルを使った撮影をしたい場合」と、僕は説明をはじめた。

「まず、到着した僕らロケ隊をホテルに送り込む。そして、モデル・オーディションの手配をする。さらに、公園の撮影許可をとる」

「なるほどね」と男。

「そういう、撮影関係の世話を全部やるのがコーディネーターなんだ」彼は、うなずきながら、「じゃ、君は、撮影でハワイにきたんだ」ときいた。

「ああ。広告写真を撮りにね」

「しかし、一人で？」

「先にロケハンが必要なんで、まず一人できた。残りのスタッフは3日後にくるんだ」僕は言った。

「そうか……」と彼。

「ところが、迎えのコーディネーターはまだやってこないわけか……」

「僕の飛行機が予定より早く着いたんだ」

風の影響だった。ジャンボ・ジェットは、高度約1万メートルを飛ぶ。そのあたりには、ジェット・ストリーム（偏西風）が吹いている。

きょうのジェット・ストリームは、かなり強い追い風だったらしい。予定より30分以上早く、ホノルル空港に着陸した。おまけに、入国審査(イミグレーション)や税関も、すいていた。

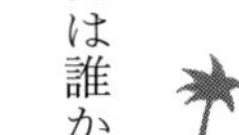

「あなたは誰かを出迎えに?」僕は、きいた。軍服の男が持っているレイを指さした。

「ああ」と彼はうなずく。2、3秒間をおいて、「ワイフをね」と言った。

「……奥さん? 旅行か何かにいっていたとか?」僕は、きいた。

今度は、5、6秒間をおいて、「……いや……別々に住んでいたんだ」と彼は言った。なんの疑いもなしに、

「あなただけが、軍の任務でハワイにきていたってわけか」と、僕は言った。

また、5、6秒間をおいて、

「いや、……そういうんじゃなくて……いわゆる別居ってやつさ」と彼は言った。

言葉のトーンが、少し低くなったような気がした。

「………」僕は無言。うまい言葉が、なかなか見つからない。

「……私は海軍（ネイビー）のパイロットなんだ」話しはじめたのは、男の方だった。

ただじっと待っているよりは、誰かに話したかったようだ。おまけに、僕は、ゆきずりの人間だ。話し相手には、ふさわしい。

「海軍のパイロット？」

「ああ。つまり、空母から離発着するやつさ」と彼。右手を、離陸する飛行機のように動かして見せた。

「なるほどね」僕は、うなずいた。

「じゃ、ジェット戦闘機だ」彼も、うなずく。

「それじゃ、しょっちゅう、空母の上で生活か……」僕は言った。

「ああ。そういうことだ」と彼。

「……いろんな所へいったよ……。ヴェトナム……。カンボジア……南米……中近東……」と、つぶやくように言った。

「じゃ、ミグを撃墜したことも？」

「……ああ……」彼は、ゆっくりとうなずいた。

「特に戦闘の激しかったあのヴェトナムの頃は、何機もね」と彼。

「一度出会ったミグは、絶対に逃がさなかったものさ」

少しだけ、誇らしげに言った。そして、ふと、苦笑い。肩をすくめる。眉を八の字にする。

「しかし……敵の戦闘機は逃がさなかったが、自分のワイフに逃げられるとはね」

彼は言った。

「奥さんに……逃げられた？……」僕は、彼の横顔を見た。彼は、おどけた表情のまま、

「まあ……ひとことで言えば、そういうことになるかな」と言った。

それ以上きこうか、やめようか、僕は迷った。が、先に話しはじめたのは彼の方だった。

「ほら、よく昔のアメリカ映画にあるだろう。出撃命令でよく家をあける軍人の夫。その留守をしっかりと守る忍耐強い妻。そしてハッピー・エンドで終わる夫婦愛のストーリー。あれは映画の中だけの話だったんだな、やっぱり……」と彼。笑いながら少し早口で話す。ただ待っているよりは、思いを吐き出してしまいたいらしかった。

「奥さんは、待つことに耐えられなかった?」僕は、きいた。

「結局はね」と彼。

「だが、結婚したてで若かった頃は、そんな気配もなかった」

「…………」

「当時、私たち第7艦隊の極東ベースはヨコスカだった」

「…………」

「そこにある小さな家で、待っていてくれたもんだった」彼は言った。ほんの一瞬、遠くを見る眼……。また、おどけたような表情に戻ると、

「帰るたびに、熱いキスが待っていたよ」と言った。

「……そして子供ができて……」

「男の子? 女の子?」

「一人ずつだ」と彼。

「子供たちの年齢(とし)がふえるのに比例して、私の階級章もふえていったよ」

「優秀な軍人だったわけだ」と僕。

「……いや……」彼は、ふと言葉を切ると、

「私は特に強い愛国心の持ち主じゃない。操縦桿を握って闘ったのは、すべて家族

のためだった」

「………」

「少しでも、軍の中で高い地位につくこと。そのために闘った」

「………」

「階級が上がれば、子供たちは誇りに思うだろう。ワイフも、仲間の女房たちに鼻が高いだろう。そして……退役後の恩給も……」僕は、話をききながらうなずいた。そして、

「しかし……そのために、家をあけ過ぎた？……」と、つぶやいた。彼は、ゆっくりとうなずく。

「そういうことだったんだろうなあ……」と言った。

「……つい半年前のことだったよ。当時いたグアムの基地からハワイに、転属命令が出た。だが、ワイフは一緒にはいかないと言った」と彼。

「そして、離婚しようとも……」と言った。皮肉っぽい微笑。

10秒……15秒……。

「子供たちは？」僕は、きいた。

「もう、二人とも、本土（メイン・ランド）の大学にいってるよ」彼は言った。僕は、小さくうなず

いた。アメリカ人の生活で、大学生になるということは、完全に親の手を離れるということなのだ。

「私も、飛行機をおりて地上勤務になった」と彼。

「子供たちも、独立した」

「…………」

「これから、妻と二人の、ゆったりとした暮らしができると思っていたのに、離婚を切り出されるとはね……」彼は言った。目尻が、3ミリほど苦笑い。

陽が当たってきた。

空港の建物。二階の出発ロビー（ディパーチャー）に接続している高架道路。その間から、陽ざしが落ちてきた。彼の階級章が、よく磨き込んだ靴が、朝の陽ざしに光る。

「それほどまでに、奥さんをないがしろに？」僕は、きいた。彼は、首を横に振る。そして、「私が任務にがんばっている姿を見ていれば、すべてわかってくれると思っていたよ」と、つぶやいた。

「けど、伝わっていなかった？」

「まあ、そういうことなのかもしれないな」彼は言った。まぶしい陽ざしに、眼を細めた。

「私はうまく言葉にできないほど、妻を愛していた……が、それが、どうやら伝わってはいなかったらしい」と彼。軽いため息。

「……言葉が、たりなかったのかもしれないな」

「……女には、言葉にしないと伝わらないものらしいからね」僕は言った。そして、思った。彼は、不器用だったのだな、と。そう。結局のところ、不器用だったのだ。

「で、別居？」

「ああ。とりあえず、冷却期間を置いて、お互いのことを考えなおそうと、私が提案したんだ」

「…………」

「ワイフはグアムに残る。私はハワイに転属する。で、約半年間、離れて暮らしてみようとワイフを説得したんだ」と彼。

「半年たったら、もう一度ゆっくりと話し合ってみようと、ね」

「それで、いまが、ちょうど半年目？」

「ああ。飛行機のチケットも送った。2日前には電話で話した。今朝の飛行機で着くことになっているんだが」と彼。腕時計を見る。

「それにしても、遅いなあ……」と、空港の出口をながめる。

「きっと、税関が混んでるんだろう」自分に言いきかせるように、彼はつぶやいた。税関がすいている。そのことを、僕は言えなかった。

太陽が、さらに回ってきた。彼の肩。僕の腕。カリッとした陽ざしに照らされる。

「ところで、君は、結婚は？」彼が、きいた。

「一度、していた」僕は答えた。

「していた？」

「……離婚したんだ。3か月前にね」

「…………」彼が、僕の顔をじっと見た。5秒……10秒……15秒……。

「原因は、きいてもいいかな？」僕は、うなずく。

「あなたの出撃命令のかわりに、僕には広告写真のロケがあった。それだけのことさ」と言って、かすかな苦笑い。

彼の顔にも、苦笑いが広がっていく。僕らは、静かに苦笑したまま顔を見合わせていた。クラクションが鳴ったのは、そのときだった。10メートルぐらい先に、ヴァンがとまった。僕の名前を呼ぶ声。見なれたコーディネーターの顔。ヴァンから急いでおりてくる。

「遅れてごめん。フリー・ウェイの入り口で事故があってさ」とコーディネーターのK。僕の荷物を、ヴァンに積み込む。

「じゃあ」と僕。立ち上がる。彼と向かい合った。

「ああ」と、彼も立ち上がる。短い握手。

「君と話せてよかったよ。サンキュー・ガイ」彼は言った。

〈ボーイ〉が〈ガイ〉に変わっていた。昇級したらしい……。

僕は、彼に手を振る。ヴァンの助手席に乗り込む。動き出すヴァン。僕は、一度だけふり向いて見た。

彼は立っていた。空港出口の方をながめて立っていた。右手にぶら下げたビニール袋が、陽ざしに光っていた。

ぽつんと佇んでいる軍服の姿が、ゆっくりと遠ざかる……。

そのときだった。スーツケースを持った金髪の女性が、ゆっくりと彼の方に歩いていくのが見えた……。

スピードをますヴァン。窓から入るハワイの風が、アロハ・シャツのエリをはためかせる。

僕は、カー・ラジオをつけた。FM局のKRTRにチューニングする。W（ウイリー）・ネルソンの唄う〈Always On My Mind（オールウェイズ・オン・マイ・マインド）〉が流れはじめた。

〈君はいつも心の中に……〉と、W・ネルソンが唄っていた。見上げる空は、どこまでも青くまぶしかった。

ハリケーン・ガール

「由里！」

背中で、お茶わんを割ったような声がした。ヤバい……。母親の声だった。あたしは、サーフ・ボードをかかえたまま、ゆっくりとふり向いた。

「あなたは、何百回言ったらわかるんですか」と母親。仁王様みたいな顔で、あたしをにらんだ。

「波乗りは許しませんからね、絶対に」

「だって……いま、いい波が……」

「だってじゃありません。少しは由香を見習ったらどうなの」

と母親。由香ってのは、姉貴のことだ。姉貴は、確かに、活け花、お茶、お琴の達人で、免許なんか漬け物にしたいぐらい山ほど持ってる。典型的な鎌倉お嬢だ。

「あなたのこと、まわりでなんといってるか知ってるの？　柿の木になったパイナップルですってよ」

と母親。柿の木に、パイナップル……。うまいたとえだ。あたしは感心してしまった。うちは〈柿坂〉っていう名前の料亭。鎌倉の長谷で90年もつづいてる店だ。

「あの……おカミさん、電話が入ってます」と店の手伝いの女の子。あたしは、そのすきにズラかる。裏口に回る。

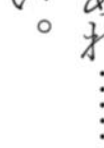

「あれ……」店の裏口。いつもクルマのキーをかけておく場所に、あたしのキーがない。

「由里嬢さん、何か」と、最近入った若い番頭さん。

「あたしのジープのキーがないの」

「あ……そういえば、さっき、おカミさんが持っていかれましたが」

しまった。やられた。うちは、長谷といっても鎌倉山に近い。クルマがなけりゃ、海にはいけない。クソ……。あたしは、駐車場を見回した。兄貴が、自分のセドリックに乗り込むところだった。

「ねえ、乗せてって！」

「ダーメ。これから商工会議所の集まりにいくの」と兄貴。冷たくいった。ドアをバタンと閉めた。セドリックの後ろ姿を見送って、あたしは、

「あーあ」と、ため息。絶好の波が立ってるっていうのに……。

先週から、台風が日本に近づいていた。

この3日間、あたしは、天気図とにらめっこの子だった。

台風は、直撃はしないらしい。けど、日本の太平洋側をかすめるコースだ。

波乗りには絶好の日だっていうのに……。

あたしが5回目のため息をついたとき、駐車場に一台のクルマが入ってきた。

うちの店のクルマだった。ドアに〈料亭・柿坂〉って描いてあるライトバンだ。

おりてきたのは、徳さんだった。仕込みから帰ってきたところらしい。

徳さんは、三十人いる〈柿坂〉の従業員の中で一番古い。祖父の代からうちで働いている腕ききの板前だった。魚の仕込みなんかも、自分で小坪（こつぼ）や腰越（こしごえ）の港までいく。

「徳さん！」あたしは、ライトバンに走っていく。

「クルマ貸して！」

「クルマですか？」と徳さん。

「波乗りですね」あたしがかかえているボードを見て微笑(わら)った。

「すごい波がきてるのよ」

あたしは、徳さんにいった。徳さんは、あたしが子供の頃から、よく面倒をみてくれた。いつも家族中からジャジャ馬呼ばわりされていたあたしを、自分の孫みたいに可愛がってくれた。

「ねえ、徳さん、クルマ！」徳さんは、ポケットからライトバンのキーを出す。

「きょうは、海が荒れてますよ。どこの港にも、魚があがってませんでした」

あたしに、キーを渡しながら、

「くれぐれも気をつけて」と言った。

クラクション！　2回、鋭く鳴った。
江の電の線路を横切ったところだった。クラクションを鳴らしたのは、青いピックアップ・トラック。逗子(ずし)に住んでる波乗りの仲間の男の子だった。
「波は？」ライトバンの窓から顔を出して、あたしは叫んだ。

「いや、すごいのなんのって」と男の子。

「ボードと前歯、折っちゃったよ」それだけきけば、充分だ。あたしは、ライトバンのギアを入れる。アクセルをふみ込む。タイヤが悲鳴を上げた。

急ブレーキ。

七里ガ浜の駐車場に、あたしはライトバンを突っ込んだ。

クルマをおりる。海を見た。

空は青い。けど、8フィートぐらいの波がセットで入ってきていた。

高さだけじゃない。湘南には珍しく、パワーのありそうな波だった。

駐車場には、サーファーがいっぱいだった。土曜日だから、東京のクルマが多い。ほとんどのクルマが、サーフ・ボードを積んだままだ。おろす気力もないらしい。

あたしは、ライトバンからボードをおろした。まわりの連中が、驚いた顔で見ている。

ウエットスーツは、黒いシーガルを身に着けている。

ボードを、かかえる。ライトニング・ボルトのトライフィンだ。

ボードをかかえて、石段をおりていく。ふと思った。きょうで、日本とは、しばらくグッバイ。この波も、いい思い出になるだろう。

あした、あたしはハワイに出発する。もちろん、波乗りのためだ。

高校時代からバイトでためたお金が、２００万円ある。それがつづく限り、ハワイで生活するつもりだった。

新島（にいじま）の大会で仲良くなったノース・ショアの女性サーファーが、家のひと部屋を使わせてくれることになっていた。節約すれば、1年以上いられるかもしれない。

当然、家族には何もいっていない。相談もしていない。

あたしは、あと3週間で20歳（はたち）になる。もう、親に相談する年齢（とし）じゃないと思う。

先週、大学にも休学届けを出してきた。パスポートもビザも、自分で準備した。

あとは、出発するだけだ。

砂浜におりた。砂浜にも、人がいっぱいだった。陸（おか）サーファーっぽい連中が、ず

らっと並んで海を見ていた。

「10（テン）フィート以上はあるぜ」

「ハワイなみだ、こりゃ」

などと、口ぐちにいっている。けど、誰も、海に入ろうとはしない。

海には、三、四人が入っていた。みんな、地元（ローカル）の、しかもキャリアの長い連中ばかり。女の子は、一人もいない。

あたしは、軽く準備体操をする。リーシュ・コードをつける。ボードをかかえる。

海を見た。波の高さに、ちょっとだけ鳥肌が立った。けど、深呼吸。ボードをかかえて歩きはじめた。

2時間後。
あたしは、砂浜にのびていた。打ち上げられたヒジキって感じだった。
かなりひどく波に巻かれた。泡にもまれた。水も飲んだ。あたしは、砂浜に腹ばいになる。少しだけ水を吐いた。
30分ぐらい砂浜に仰向けになっていた。しだいに、気分が回復してくる。

あたしは、ゆっくりと立ち上がる。ボードをかかえる。腕が、鉛みたいにだるい。駐車場に上がる。ライトバンにボードを積む。ドアを開けて、運転席に坐る。ひどく空腹なのに気づいた。

クルマを、ゆっくりと出す。ステアリングが重い……。

海沿いの国道134号には、洒落た店が並んでいた。けど、それは観光サーファー向けの店だ。地元（ローカル）の人間はまず入らない。あたしは、江の電の線路を渡る。ゆっくり走って、2、3分。〈ホタテ食堂〉の前にクルマをとめた。

〈ホタテ食堂〉に入る。

ローカル・サーファーの杉さんがカツ丼を食べていた。あたしを見て、ニッと白い歯を出した。さっき、あたしがひどく波に巻かれたのを見てたらしい。食堂のおばさんが、水を持ってきた。

「由里ちゃんも、カツ丼？」

「うーん……」

あたしは、壁のメニューをながめて考える。

あしたからのハワイ生活を思う。節約しなくちゃ……。

カツ丼・650円。ホタテフライ定食・750円。ブリの照り焼き定食・780円……。

けっきょく、メンコロ丼・480円にした。メンコロ丼ってのは、メンチカツとコロッケが1個ずつ、カツ丼と同じように玉子でとじてのっかってる。

「メンコロ丼の大盛り！」あたしは、おばさんにいった。

「あ！　いたいた！」背中で、声がした。

「由里ったら、のんびりゴハンなんか食べてて！」ふり向く。波乗り仲間の洋子だった。

「大変よ、由里。ツカサと満(みつる)がケンカしてるのよ！」

「ケンカ？　どこで？」

「稲村ガ崎の〈どんどん亭〉よ！」

「どうして」あたしは、メンコロ丼をかき込みながらきいた。

「どうしてって、あんたのことが原因でよ」と洋子。

「とにかく、おいでって！」洋子は、あたしの腕を引っぱる。

「待ってよ！　メンコロが……」まだ少し残ってる。

「そんなことといってる場合じゃないわよ」と洋子。腕をぐいぐいと引っぱる。

食堂の前に駐めたクルマに、あたしを押し込んだ。

「何がどうしたのよ!?」走りはじめて、あたしはきいた。

「あんた、ツカサとキスしたんだって？」洋子がきいた。

ツカサってのは、鎌倉の大町にある寺の息子だ。

寺のセガレなのに、ポルシェを乗り回してる遊び人大学生だった。

つい3日前、あたしのお別れパーティーがあった。波乗り仲間が、三十人ぐらい集まった。ドンチャン騒ぎをした。その帰り道、ツカサに抱きつかれたのは覚えている。

「で、そのときキスしたの？」と洋子。

「さあ……。あたしも酔っぱらってたから……したかもしれないけど……」

「でも、ツカサったら大変よ」

「大変？」

「うーん、由里をモノにしたって」

「いいふらしてるの?」

「いいふらしてるってもんじゃないわよ」

「どこにいいふらしてるの?! 湘南じゅう?」

「湘南どころか、箱根の山の向こうまできこえてるわね、あれじゃ」

「あちゃー」あのタコ……。

「で、それをきいた満が、また、大変よ」と洋子。

「満が……」あたしは、ため息まじりにつぶやいた。

満は、同じ長谷育ちの幼なじみ。近所の歯科医院の息子だ。同じ幼稚園に通った。小学校で、いっしょにドッジボールをやった。中学校では、いっしょにフォークダンスを踊った。

波乗りをはじめたのも、いっしょだった。けど、満はあまり上達しない。才能がないっていうより、ガッツがないのだ。

波乗りにガッツがないわりに、別の方面にはガッツがある。満は、もう2年前から、自称、あたしの婚約者だった。この2年間、会えない日は毎晩電話をかけてくる。歩いて3分の距離なのに……。

「満ったら、ツカサのその話をきいて、もう大変よ」

「どうなったの？」

「まるで信号機よ」

「信号機？」

「そう。まず青くなって、すぐにまっ赤になってさ」と洋子。

「あんた、けっこう面白がってるでしょう」あたしは、洋子にいった。

「まあね」と洋子。セーラムの煙を吐き出しながらいった。

「ひとのもめごとで遊ばないでよ」

「まあ、いいじゃない」

「で？　どうなったの」

「ツカサと満は、にらみあってるわよ、〈どんどん亭〉で」〈どんどん亭〉は、稲村ガ崎にあるお好み焼き屋。地元に人気の店だ。その看板が見えてきた。

あたしは覚悟して、店のドアを開けた。けど、店の中は静かだった。怒鳴り合いも、殴り合いもしていない。

テーブルに、ツカサと満。ほかに仲間の男の子が、二人いた。あたしの姿を見て、ツカサと満が立ち上がった。

「あのさあ、満が怒っちゃってるんだよ、おれたちのこと、きいてさ」ツカサが、あたしにいった。

「お前の口から、説明してくれよ」だるい口調で、ツカサはいった。遊び人を気どったいい方だった。あたしはすでにムカッときている。

「あんたに、お前呼ばわりされる筋合はないんだけど」あたしは、きっぱりとツカサにいった。

「だって……あの夜は……」とツカサ。マジな顔になった。

「あの夜がどうしたのよ」

「だって、キスしたじゃないか……。あれは、なんだったんだよ」

「唇と唇がくっついただけでしょ。それで、あんた、妊娠でもしたわけ?」あたしは言った。

「由里!」ツカサが、あたしの腕をぎゅっとつかんだ。

「触らないでよ!」あたしは、テーブルのコップをつかんだ。中のビールを、ツカサの顔にぶちまけた。

「嬉しかったよ」満が、ポツリといった。あたしと満は、由比ガ浜の駐車場にいた。暮れていく海をながめていた。

「おれのためにケンカまでしてくれるなんてさ、嬉しかったよ」と満。

やれやれ……。ここにも、誤解してるのが約一人……。あたしは、胸の中でため息をついた。別に、満のためにケンカしたわけじゃない。それに、

「あれは、ケンカなんてもんじゃないわ」

ヒステリーをおこしたツカサが、テーブルの上にあったお好み焼きやヤキソバを、あたしに向かってぶん投げただけだ。

「あーあ、気持ち悪い」

髪についたヤキソバのきれっぱしをつまみながら、あたしは言った。紅ショウガが、パラリと落ちた。

「頭、洗いたいなあ」

「じゃ、どっか、ホテルに入ろうぜ」

「ホテル？」

「ああ……当分、はなればなれだしさ……いいじゃないか」と満。あたしと彼は、まだ、そこまでの間柄になっていない。

「な……いいだろう」と満。ネバッこい眼で、あたしを見た。このままじゃ、ひと晩中、背後霊みたいにへばりついて離れないだろう。しょうがない。

「じゃ、いこうか」あたしは、自分のライトバンに歩いていく。

満も、親に買ってもらったばかりのＢＭＷのドアを開けた。あたしは、この豚の鼻みたいなフロント・グリルがどうも好きになれない。けど、まあ、それは好き好きだ。

「後をついてこいよ」エンジンをかけながら、満はいった。

ＢＭＷは、駐車場を出ていく。あたしは、30メートルぐらいはなれてついていく。

１３４号を西へ。江の島を過ぎる。鵠沼（くげぬま）、辻堂（つじどう）。満のクルマが右折した。あたしも、その後にくっついてライトバンを右折させる。

その先。大きいけどあまり目立たない松林の中のモーテルがある。その入口に、ＢＭＷのテールランプが左折して吸い込まれていく。

あたしは、そのまま直進。入り口を走り過ぎる。だいたい、自分の店の名前を描いたクルマでモーテルに入る商人の娘が、どこにいる……。馬鹿者めが。

あたしは、ふり向きもせずアクセルをふみ込んだ。

七里ガ浜に戻った。
空に、月が出ていた。丸っこい月だった。いまは9月だから、中秋の名月とかいうんだろう。
台風はもう、通り過ぎたらしい。インク・ブルーの空には、雲ひとつなかった。
あたしは、Tシャツとショートパンツを脱ぐ。ボードをかかえる。髪についたヤキソバを落とすため。そして、日本の波にグッバイをいうために、ゆっくりと砂浜におりていった。

目を覚ます。5時半だった。
したくは、できていた。といっても、いき先がハワイだ。荷物は、小さかった。ボードは、あっちで手に入れるつもりだった。
バッグをかつぐ。自分の部屋を出た。家の中は、まだ、寝静まっている。そっと、居間に入る。両親への手紙を、テーブルに置いて、店の裏口から出る。駐車場を抜けて、裏門を出る。

空が、少し明るくなっている。ふいに、人影が見えた。一瞬、ドキッとした。あたしは、立ちどまった。徳さんだった。門の外を、ホウキで掃いていた。

「由里嬢さん……ご旅行ですか」

「あ……そうなの。ちょっとね……」

「そうですか。それは、お気をつけて」

と徳さん。フトコロから、何か出した。お守りだった。

「鶴岡八幡宮のもんですが、もしよろしかったら」徳さんは、小さなお守り袋をさし出した。

「……ありがとう」あたしは、それをうけとった。

「じゃ……いってくるわ」

「お気をつけて」徳さんは、腰を折って頭を下げた。夜明けの薄明かりに、白髪が光った。

あたしは、歩きはじめた。ふり返りたかった。けど、ふり返らずに歩いていく。

それでも、家のへいが切れる曲がり角で、一度だけふり向いた。

徳さんは、まだ、立っていた。ホウキを手に、こっちを見送っている姿が、小さく見えた。

徳さんがくれたお守りを、首にかけた。いままでしていたペンダントが、じゃまになった。満がくれたペンダントだった。

ちょうど、満の家の前にきた。〈畑中歯科医院〉の看板が、朝の陽に光っている。

あたしは、裏口に回った。そっと、木戸を開ける。裏庭に入った。

物置きの壁に、満のサーフボードが立てかけてあった。いちおう、ツインフィンのボードだ。

先端（ノーズ）を下に立てかけてある。ひどい置き方だった。あたしは、ボードを見た。ずいぶん古い傷もリペアされていない。

あたしは、首のペンダントをはずした。

2年前の誕生日に満がくれた、双子座のペンダント。18金のものだ。

あたしは、ペンダントをそっと、サーフボードのバック・フィンにかけた。帰ってくるまでに、少しは大人になっててね。胸の中で、そうつぶやいた。満のかわりに、ボードを、ポンと叩いた。

道路に出た。さて、いよいよだ。

とりあえず、横浜に出る。お金をドルに替える。細かい買い物をする。そして、羽田から飛び立つのだ。

あたしは、深呼吸を一発。夜明けの風は、ひんやりと乾いて、松林の匂いがした。あたしは、バッグをかつぎなおす。江の電の長谷駅に向かって、歩きはじめた。

ドライヤーが走る

相手のマッチ・ポイントだった。

キャロル・吉永は、深呼吸を一つ。その影が、午後のテニス・コートに濃く長い。

僕は、カメラのファインダーをのぞいた。３００ミリの望遠レンズを装着したキャノン。そのファインダーの中。肩で息をしているキャロルの上半身があった。

彼女の顔に流れる汗が、ハワイの陽射しに光る。

キャロルは、左手のリスト・バンドで、一度だけ眼の上をぬぐった。ラケットをかまえる。顔を上げる。対戦相手を、キッと見つめた。

しかし……と僕は思った。逆転は、もう不可能だろう。

1対1（ワン・オール）でむかえた決勝の第3セット。ゲーム・カウントは、0対5。

しかも、相手のトリプル・マッチ・ポイントだ。彼女の敗退は、99パーセント、確実だ。

でも、よくやったよ。僕は、胸の中で彼女に声をかけた。

相手の白人選手は、確か、世界ランキングで50位に入っている。

それに比べ、キャロルは、はじめてのトーナメント出場なのだ。1セット（ワン）とっただけでも、上出来じゃないか。

僕は、また、無言で彼女に声をかけた。カメラのファインダーから顔を上げた。アロハ・スタジアムの特設コート。オアフ島の陽射しに、人工芝のグリーンがまぶしく光っている。

僕は眼を細めた。ふと、思い出していた。キャロルとはじめて出会った10日前のことを。


僕は、撮影でハワイにきていた。リゾート・ホテルのパンフレットをつくる仕事だった。オアフ島の西。日系資本の大ホテルだ。

撮影3日目。ホテルのテニス・コートを撮影する日だった。よく整備された全天候型コートが12面。専属コーチもいるという。たまたま、コートに客の姿はなかった。

〈しようがないな。コーチに打ってもらおう〉と支配人。中年の白人男を連れてきた。このホテルの専属コーチだという。

そのコーチの後ろからもう一人、少女がついてきた。〈彼女も、アシスタント・コーチなんだ〉と支配人。それが、キャロル・吉永だった。

フランスパン色に灼けた長い手脚。少し茶色がかった黒い髪。日系の血が入っているようだった。

コーチと彼女は、コートでラリーをはじめた。カメラをケースから出そうとしていた僕の手が、ピタリととまった。

まず、音だった。キャロルがボールを打つ音。その鋭さに、思わず手をとめたのだ。ボールも、とにかく速い。白人男のコーチのボールなど問題にならない。それをながめている僕に、〈彼女は、プロの卵でね〉と支配人。

その後、彼女自身の口から、いろいろなことをきいた。

マウイ島生まれの18歳。どうしてもテニス・プロになりたくて、一人でオアフ島に出てきた。このホテルでコーチのバイトをやりながらチャンスを待っている。

〈で、デビュー戦はいつ?〉ときく僕に、〈10日後よ〉とキャロル。一枚のパンフレットを見せた。

〈プルメリア・オープン〉ハワイのパイナップル会社がバックアップするトーナメントだという。

〈10日後に、デビュー戦か……〉と僕。〈時間があったら応援にきて〉と彼女。ニコリと白い歯を見せて言った。

〈ああ……たぶん、いけるよ〉と僕。

10日後には、ホテルの撮影は終わっている。自分自身の作品としての写真を撮るために、帰りの航空券（エア・チケット）はオープンにしてある。

相手の白人選手が、サーヴィスの体勢に入った。
体がしなる。ボールが走る。センター狙い!!　鋭い。
キャロルは、ボールに跳びつく。ラケットの先が、ボールに触れた。が、それまでだった。ボールは、相手のコートに返らない。ネットにかかる。

ゲーム・セット。キャロルのデビュー戦は終わった。握手する二人。客席からの拍手。僕は、カメラをケースに戻した。


僕は自分が借りているレンタカーで、キャロルを送った。ホノルル郊外。パール・シティのコンドミニアムに、彼女の部屋はあった。

「夕食つきあってくれない？」と彼女。僕は、うなずいた。

「じゃ、シャワーを浴びてくるから待ってて」

「ああ」僕は、部屋のベランダに出た。冷蔵庫から出したグァバ・ジュースを飲む。

10分後。

「お待たせ」と、彼女の声。僕は、ふり向いた。

キャロルは、タンクトップとスカートに着がえていた。試合中は後ろにまとめていた髪も、ほどいている。ゆるくウェーブした髪は、まだ、びしょ濡れだった。

「じゃ、いきましょう」と彼女。

「髪、乾かさなくていいのかい？」

「いいのよ。走るドライヤーがあるから」

とキャロル。ニコリと微笑(わら)う。僕らは、コンドミニアムの駐車場におりていく。彼女のクルマは、オープンだった。

「なるほどね」

僕は、つぶやく。助手席に乗った。キャロルはクルマのエンジンをかける。クルマは、陽ざしの中へ走り出した。

午後5時の夕陽。それでも、ハワイの空気は乾いて、昼の暑さを残していた。キャロルは、アクセルをふみ込む。風が、彼女の髪をブロウしていく。

「これが走るドライヤーか……」

「そう。いつも、こうやって髪を乾かすの」とキャロル。思いきりのいいステアリングさばきでホノルルの街へ向かう。

赤信号。ストップ。カーラジオが、スポーツ・ニュースをやっている。〈地元ハワイ出身のキャロル・吉永選手は、おしくもセット・カウント2対1で……〉

ラジオを切ろうとした僕に、

「いいのよ」とキャロル。その頬。かすかにひと筋、涙が流れている……。試合が終わって、はじめて見た涙だった。

信号が青に変わった。

彼女は、唇をキリッと結んだ。しっかりと顔を上げる。アクセルをふみ込んだ。オアフ島の風が、彼女の涙を乾かすまで、5分はかからないだろうと僕は思った。

コルトレーンで卵を茹(ゆ)でる

クルマのエンジン音が、近づいてきた。

僕は、カウンターの中でレモンをスライスしていた。手をとめた。店の時計を見た。午前10時40分。コカコーラの配達車（ルートカー）がくるには、まだ早い。それに、エンジン音はトラックのものではない。珍しく、午前中の客らしい。

エンジン音は、店のわきでとまる。ギアを〈R（リヴァース）〉に入れるドライヴァーの姿が頭に浮かぶ。ここから、外は見えない。けれど、3か月もバイトをしている。ほとんど手にとるように想像できる。

軽くエンジンをふかす音。バックで駐車場に入ってくる。

まず、1回では入らないだろう。

この店は、道路と海岸にはさまれて建っている。駐車場は、変則的な形をしていた。ほとんどのドライヴァーが、2、3回切り返して駐車スペースにおさめる。

1回だけエンジンをふかす音。そして、エンジン音は消えた。すんなりと駐車できたらしい30秒ほどして、店のドアが開いた。

女性客だった。一人で入ってきた。


「いいかしら」店の中を見渡すと、彼女は言った。開店しているのか、という意味らしい。僕は、うなずいた。

「どうぞ」

彼女は、カウンターに歩いてきた。背筋をのばし、やや大股で歩いてきた。

長袖のセーターを、ばっさりとかぶっていた。麻で、色はオフ・ホワイト。

夏と秋がバトンタッチする、いま頃のシーズンには、よく似合うセーターだった。濃紺のパンツ。まっ白いスポーツシューズをはいていた。

「コーヒーと卵」僕がきくより早く、彼女は言った。

「卵は、目玉焼？　オムレツ？」

コーヒーの粉をサイフォンに入れながら、僕はきいた。

「茹で卵。半熟でお願い」

微笑みながら、彼女が言った。ストレートな長い髪を、右手で軽くかき上げた。いくつぐらいだろう。20歳(はたち)の僕より、何歳かは上らしい。それが3歳なのか7歳なのか、よくわからなかった。少女っぽさというより、少年っぽさを残した、そんな空気感が、彼女の動作や声に漂っていた。

いまは9月だ。けれど、彼女はそれほど灼けてはいなかった。ショウ油を塗りたくった焼きトウモロコシみたいに灼けた女性ばかり見てきたから、少し新鮮だった。

「半熟卵ねえ……」僕は、卵を出しながらつぶやいた。

「うまくできればいいけど」と言った。

「どうしたの？　おナベがないの？」彼女が言った。目尻が、2ミリほど笑った。服装だけじゃなく、ウイットのセンスもあるらしい。

「いくらなんでもナベぐらいあるけど」僕は苦笑して、「いつも、茹で過ぎるんだ」と言った。

「タイマーは？」

「店のオーナーがケチで、買ってくれなくて」僕は、肩をすくめた。彼女もそれに合わせて眉をピクリとさせる。

「それなら、レコードでやれば」と言った。

「レコードで？」

「そうよ」彼女は、店の壁にあるBOSEのスピーカーを指さした。スピーカーからは、コルトレーンが低く流れていた。

「これ、〈バラード〉ってアルバムでしょう。私も持ってるわ、茹で卵用に」

「茹で卵用？」

「そうよ。たとえば、A面の1曲目なら、かなり半熟ね」彼女が言った。

僕は、カウンターの後ろにあるレコード・ジャケットを手にとった。

A面の1曲目は〈Say It〉。4分15秒。

「A面の2曲目なら、少し硬めの半熟よ」

A面の2曲目は〈You Don't Know What Love Is〉。5分1秒。

「なるほどね」僕は、うなずいた。

「で、いまはどの曲で？」

「そうね。B面の1曲目でお願い」と彼女。

B面の1曲目は〈I Wish I Knew〉4分54秒。僕はうなずく。ターンテーブルのレコードを、B面にひっくり返した。

彼女が店を出ていってすぐ、僕も店のドアを開けた。駐車場に追いかけていく。いくつかの１００円玉と10円玉を握っていった。彼女が忘れていったおつりだった。駐車場には、白いクルマが駐まっていた。その向こうは、９月の相模湾だ。初秋の空と雲が、フロントグラスに映っていた。

彼女は、クルマのわきにいた。上を向けたサイドミラーに顔を近づけて、口紅を塗りなおしていた。

「あの……これ、おつり」僕は、声をかけた。彼女は体を起こす。

「あら」と言って小さく笑った。口紅を持ったまま、

「また忘れたわ」と言った。海の方から吹く風が、彼女の髪を揺らせて過ぎた。

「あの」僕は、一瞬、口ごもると、

「もしよかったら、近いうちに魚釣りでもつき合ってくれない？」と言った。

「魚釣り？」

「ああ、その辺にボートを出すと、いま頃ならサバやアジが釣れる」秋谷（あきや）の海岸を指さして、僕はいった。

湘南のローカル・ボーイにとって、一番手軽なデートコースが、それだった。

「魚釣りか……。面白そうね」と彼女。

「でも……お互い、まだ何も知らないし」

「君、いや、あなたのことなら、かなり知ってる」

「どんな？」

「運転がうまい。コルトレーンで卵を茹でる。そして、よくおつりを忘れる」

彼女は少年のように笑うと、

「わかったわ。考えておく」と言った。

「電話番号を、教えておいてくれる？」僕は言った。

「電話、ないの」と彼女。いたずらっ子のように微笑った。

「じゃ、僕の番号を教えておく」僕は、番号を言おうとした。

「書くものがないわ」と彼女。僕も、何も持っていなかった。彼女は、5秒ほど考えて、「オーケー」といった。口紅を持ちなおすと、

「番号をいって」

「じゃ」僕は電話番号をいった。

彼女は、クルマのエンジン・フードに、口紅で番号を書いた。三浦半島のローカ

ル局番のついた10桁の番号だ。
白いエンジン・フード。口紅で書かれた10個の数字が鮮やかだった。
「もし家に着くまでに雨が降ってこれが消えなかったら、電話するわ」
サイドミラーをなおしながら、彼女は微笑む。クルマに乗りこんだ。
シートベルトをしめる。エンジンをかける。
「じゃ」小さく手をふる。大胆なハンドルさばきで、駐車場を出ていく。
一度だけ、ウインクするようにブレーキ・ランプがついた。一瞬後、クルマは
134号線に走り出した。横浜ナンバーが、あっという間に見えなくなった。
僕は、店に戻る。ラジオをつけた。FM横浜が天気予報をやっていた。
「……はり出してきた前線の影響で、湘南方面は午後から雨……」
僕は、小さく肩をすくめる。また、レモンをスライスしはじめた。

風のトロピカル・カクテル

風は香りのカクテルだ、と思う。

コースターなし、グラスなしで味わえるミックス・ドリンクだ。いろいろな場所。いろいろな時間。それぞれ、心に残るカクテルと出会ってきた。そのごく一部を、思い出してみよう。

ハワイにいた。サンディ・ビーチという海岸だ。ボディ・サーフィンと車泥棒で評判の海岸だった。
午前10時。僕は、クルマのボンネットに坐っていた。ぼんやりと、海をながめていた。
一人の女性が、海から上がってきた。白人。二十代の終わり頃。トウモロコシのヒゲみたいな色の金髪。さっき、僕にクルマの留守番を頼んだ彼女だった。

ボディ・サーフィンで濡れた髪を、彼女はタオルで拭きはじめた。

「盗られて困るほどのクルマじゃないと思うけど」

僕は、軽く皮肉ってやった。

確かに、古いクルマだった。塗装のあちこちに、ヒビが入っていた。

軽くツメをたてると、ボンネットの赤が小さくはがれて、風に運ばれていった。

「こういう島じゃ、すぐにくたびれるのよ」と、彼女はいった。

「クルマの塗装も、女の肌も、ね」苦笑いして、彼女はサンターン・オイルをとり出した。頬に、塗りはじめた。頬には、ソバカスが散らばっていた。僕の視線に気づいたのか、

「サンシャイン・キスっていうのよ」と、彼女はいった。

「ソバカスのことを?」うなずくと、彼女はサンターン・オイルを塗りつづける。

風が吹いた。潮の香り。太陽の匂い。彼女がつけているサンターン・オイルのココナッツの匂い。その3つをミックスした、オアフ島特製の風のカクテルだ。

カクテルの名前は(ココナッツ・モーニング)。カー・ラジオから、K(ケニー)・ロジャースのバラードが流れていた。

葉山・一色（いっしき）の海岸。昼間の暑さが、そろそろ下り坂になっていた。
ガールフレンドと二人。砂浜に上げたボートに坐っていた。すぐ後ろは、僕らがバイトしている海の家だった。

「夏も、終わりね」

彼女が、つぶやいた。ゴムゾウリのつま先で、コークの空き缶を、軽く蹴った。
彼女がいった〈夏〉を、僕は〈二人のつき合い〉と、勝手に入れ替えていた。

「いつまでも、遊んでいられないしね」

お互いに、うなずいた。別れるのが当然のような気がした。理由は、なかった。
たそがれの風は、確かに、秋の匂いがした。彼女がかんでいるペパーミント・ガムの匂い。それに、マドラス・チェックのシャツからは、石けんの匂いが、風の中に漂っていた。

カクテルの名前は、（ラスト・キス）。十代最後の夏だった。

「マギーよ」自分の名前を言うと、彼女は白い歯を見せた。

ロス・アンジェルス。サンセットBLVD（ブルヴァード）。泊まっているホテルの前だった。

彼女のヴァンに、僕は乗り込んだ。思いきりのいいステアリングさばきで、マギーはヴァンをブルヴァードに。時速40マイルで走りだした。

彼女は、射撃のインストラクターだった。客を郊外の射撃場まで連れていく。自分の銃を撃たせる。そんな仕事だった。

「ロケ隊？」僕から数枚のドル札をうけとりながら、マギーはきいた。僕は、うなずき返す。その射撃場にいくのは、2回目だった。

22口径のリボルバーで、24発。38口径の自動拳銃（オートマチック）で17発。

「どうして、この仕事に？」イヤー・プロテクターをはずしながら、僕はきいた。

「主人から、引き継いだのよ」

とマギー。別れたのか、死んだのか、それは結局きかなかった。

彼女は45口径のミリタリー・モデルをかまえた。薬きょうが飛ぶたびに、ポニー・テールにした赤毛が揺れた。南カリフォルニアの乾いた風。火薬の匂い。彼女のつけているシャネルの匂い。カクテルの名前は、〈ブラディ・マギー〉。

いつでも、どこでも、風が僕のグラスだ。ただし、同じカクテルは二度とできない。

涙のパーティー・ドレス

「ストライク！」審判（アンパイアー）の声が、グラウンドに響いた。
え⁉　あたしは、バットをかまえたまま。アンパイアーにふり向いた。
「いまのがストライク？」と言った。
外角低目。どう見ても、ボール1個分は、はずれていた。

午後3時。ホノルル市営グラウンド。
あたしたちの高校とプナホ高校の試合中だった。
試合といっても、ソフトボールじゃない。ちゃんとした野球だ。
グラウンドでプレーしている九人の中。女の子は、あたし一人だ。
あたしは、子供の頃からオテンバだった。お人形遊びより、キャッチボールの方が好きだった。

高校に入っても、女の子のソフトボールじゃ満足できなかった。

それに、バッターとしても、内野手としても、ヘタな男の子より上だった。

10年生、つまり日本式に言うと高校一年のとき、学校の野球チームに入った。

そして、いまは12年生。レギュラー・ポジションはセカンド。

バッターとしては、主に2番打者だ。

けど、あたしたち12年生が試合に出るのも、あとわずか。卒業が近い。それだけに、思いっきり打って走りたかった。

「いまのがストライクだって?」あたしは、アンパイアーにききなおした。

けど、ムダだった。アンパイアーは、首をタテに振るだけ。

しょうがない。きょうのアンパイアーは、対戦相手プナホ高校のOBなのだ。

それならそれでいい。つぎの球は、場外ホームランしてやる。

あたしは、唇をキッと結ぶ。バットを握りなおした。

オアフ島の陽ざしが、鮮かなグリーンの芝生に光っている。少し眼を細める。敵のピッチャーを、にらみつけた。心のテンションが高まっていく……。

そのときだった。

「かっとばせ！　ケイコ！」という声！　大きな声が、三塁側から響いた。

ママだった。

グラウンドの外から叫んでいるのだ。グラウンドは、低い金網（フェンス）で囲われている。

そのフェンスをつかんで、ママが立っていた。

いつものスタイル。ジーンズにポロシャツ。小太りだから、ポロシャツのお腹のあたりはパチパチだ。

かなり赤毛がかった短めの髪は、ちりちりのアルファルファみたいにパーマをかけてある。

そして！　ママの後ろには、商売道具が駐まっていた。ちょっとくたびれた車体のCAB（キャブ）。つまり、タクシーだ。

そう。ママの仕事はタクシーの運転手なのだ。ハワイでも数少ない女のタクシー・ドライバーだ。一日中、ワイキキや空港あたりを走り回っている。

けど、あたしの試合があるときは、しょっちゅう仕事を中断する。ああして、フェンスの外側から応援の声を飛ばすのだ。けど、正直言って、あたしにはそれが嫌だった。

いまも、相手のピッチャーがニタニタとしている。味方の連中さえ、ママの方をふり向いて、〈またか〉という顔。中には、苦笑いしてるのもいる。

「思いきり、かっとばしてやりな！」また、ママが叫んだ。右の握り拳を、突き出している。

やれやれ……あたしの心の中で、闘志の糸がプツンと切れてしまった。

それでも、ママのことは考えないようにする。カウント2（ツー）―3（スリー）だ。

バットを握りなおす。かまえる。

ピッチャーが、セット・ポジションに入った。左足が上がる。右腕がしなる。

きた！　真ん中。低め。けど、ストライク・ゾーン、ぎりぎり。あたしは振った。

けど、ダメだ。

振りがにぶい。それが自分でもわかった。

ガシッ。さえない音。ボテボテのショートゴロだ。

あたしは、ヘルメットを芝生に放り出す。ママの方へ歩いていく。

「ねえママ」とフェンスに手をかけて言った。

「仕事中なんでしょ?」

「ああ、そうだけど」とママ。

「娘の野球なんか、応援してる場合じゃないでしょう」あたしのとんがった声に、

「わかった、わかった」とママ。右手を振る。フェンスからはなれる。自分のキャブに乗り込む。エンジンをかける。最後に運転席から、

「つぎは、かっとばしてやりな!」

と叫んだ。〈やめてよ!〉そう言いかけたあたしの背中で、

「ほらケイコ! チェンジだ!」とコーチの声。あたしは、自分のグラヴをとりに小走り。

その試合は、けっきょく最後までさえなかった。
4打席ノーヒット1フォアボール。しかも、フォアボールで塁に出た7回、リードのしすぎで、牽制球に刺されてしまった。
試合も、6―2で負けた。

あたしは、スクーターをヨロヨロと走らせて家に帰った。

ホノルルの西。パール・シティにある小さな家。ちょっとしたハリケーンでもきたら、バラバラになってしまいそうな、ささやかな家だ。

バッグを自分の部屋に放り込む。シャワーを浴びる。新しいTシャツとショートパンツに着がえる。

髪を拭きながらキッチンにいく。冷蔵庫から、ミルクの1ガロン瓶を出す。

ミルクをカップに注いでいると、弟が帰ってきた。

3つ年下の弟。名前はタダシだ。キッチンに入ってきたタダシを見て、

「どうしたのよ、それ」あたしは思わず言った。

タダシは、全身、泥だらけだった。スウェット・シャツ。ジーンズ。顔や髪にまだ泥や芝がついている。スウェット・シャツのヒジのあたりは、大きく破けていた。

「ケンカしたのね」タダシは無言。かすかに、うなずいた。

「誰と」

「……一級上のケリーってやつと」

「ケリーって、バスケの選手やってるゼブラの子？」

あたしは、きいた。ゼブラってのは、ハワイの俗語（スラング）。白人と黒人のハーフのこと

だ。タダシはまた、小さくうなずいた。

「あんな体の大きな子と、どうしてやり合ったりするのよ」

「だって……」とタダシ。ふくれっ面で、

「お前のママのキャブに乗ったら、一発いかがって誘われたって……やつが言うから……だから……」

あたしは、軽くため息。

「わかった……。早くその泥だらけの服、脱ぎなさい」

とタダシに言った。昔、ホノルルにはクルマで流しながら客をひろう商売女がよくいたって話だ。それに引っかけて、からかわれたらしい。

とにかく、タダシの服を脱がせる。洗濯機に放り込む。スリむけているヒジに、マーキュロを塗ってやる。

あたしたちのパパは日本人だった。
正確に言うと、日系二世だった。製糖会社に勤めていた。砂糖キビの畑を管理する仕事だ。

白人のママとは、仕事で知り合ったらしい。とにかく、二人は恋愛して結婚した。つまり、あたしと弟はハーフということになる。

弟のタダシが生まれてすぐ、パパは事故で死んだ。砂糖キビ畑でコンバインの下敷きになったという。

その頃のことは、あたしも覚えていない。会社からは、スズメの涙ほどのお金しか出なかったらしい。

あたしが物心ついたとき、ママはもう、タクシーの運転手をやっていた。

子供心にも、それは嫌だった。秘書とか、学校の先生とか、そういう仕事をして欲しかった。けど、

〈学歴がないんだもの。しかたないよ〉と、ママは太いお腹をゆすって笑った。

そして、男の人みたいに口笛を吹きながら仕事に出ていった。

夜の7時半。ママが帰ってきた。
「ちょっと、開けておくれ!」とママの声。ドアの外できこえた。そのとたん、
「またピッツァか」とタダシが言った。

あたしは、玄関のドアを開ける。ママが立っていた。ピッツァの入った平らなダンボールの箱を、両手でかかえていた。

「さあ、晩ごはんだよ」とママ。ピッツァをかかえて入ってくる。キッチン兼ダイニングへ。

ママは、ダンボールの蓋を開ける。45インチのピッツァが、入っていた。いつもの〈ロギンス〉のやつだ。

やれやれという表情のタダシ。たぶん、あたしも同じだったろう。けど、

「きょうは、店員のジョーがポッチギー・ソーセージをサービスしてのせてくれたんだよ」とママ。キッチンの引き出しから、フォークを出してくる。

「ねえ、ケイコ」とママ。大口を開けてピッツァをかじりながら、
「きょうケイコが打ったあの球、見のがせばボールじゃなかったかい?」
と言った。あたしは、口の中に入ってるピッツァを噛む。ダイエット・ペプシで胃に流し込む。そして、
「ねえ、ママ」

と言った。声が硬いのが、自分でもわかる。

「お願いだから、野球の応援にはこないでくれる」

「……応援に……こないで？」とママ。食べかけたピッツァを宙に浮かせて、つぶやいた。

「応援にきてもいいから、叫ぶのはやめてくれる？　あたしを学校中の笑いものにしたくなかったら」あたしは、一気にまくしたてた。

ママは、しばらくあたしを見てた。

宙に浮いたピッツァ。ママの口。その2つを、チーズの糸が、たるんだ電線みたいに結んでいる。やがて、ママは苦笑い。ピッツァをちゃんと口に押し込む。のみ込む。

「わかった、わかった」と言った。

「野球が好きなんでね、つい……」と微笑いながら、

「でも、わかったよ。もう、あんなに叫んだりしないよ」と言った。あたしは、ホッとした。とたん、

「でもさ、ケイコ、あの球はやっぱり見送った方がよかったんじゃないかい？」

とママ。あたしは、ため息。ダイエット・ペプシを口に運ぶ。

ピーッ。ホイッスルが、グラウンドに響いた。

アメラグの選手たちが、芝生に集合する。放課後。学校のグラウンド。

あたしと友達のサンディは、グラウンドを見おろすスタンドに坐っていた。

アメラグの練習をながめていた。

「素敵ね、ロジャー……」

とサンディ。いまにもヨダレを流しそうな表情でつぶやいた。選手たちの先頭にいるロジャーを、うっとりと見つめている。

ロジャー・トンプソン。同じクラスの男の子。

そして、全校の女生徒たちにとって、白馬に乗った王子様なのだ。

がっしりとした長身の上に、M（マット）・ディロンみたいなハンサムな顔がのっかっている。

成績もいい。学年でいつも5番以内。当然、卒業後は、ハワイ大学に進学が決まっている。そして、父親はハワイ最大の造船会社のオーナー社長。

アメラグチームのキャプテン。名クォーターバック
けど、本人はそんなことをオクビにも出さない。

ざっくばらん。快活。生徒たちのイタズラにも、嬉しそうに参加する。っていうより、ときには、すごく面白いイタズラを発案したりする。

学校中の女の子が夢中になるのもムリはない。

じつは、このあたしも、彼のことが好きなのだ。2年前、あたしが落としたピアスを、彼が見つけてくれた。

以来、ときどき、口をきくようになった。もちろん、クラスメート同士の、ごく普通のやりとりだ。

けど、彼と口をきいた日は、そのことが眠るまで頭からはなれない。彼とデートしてる夢を見ることもある。

でも、それは口に出したこともない。親友のサンディにも言ってない。

しょせん、ムリだと思う。やはり、彼は王子様。あたしの手の届く相手ではない。

「あっ、ロジャーが走り出した」とサンディ。

グラウンドじゃ、本格的な練習がはじまっていた。ヘルメット以外の防具(プロテクター)をつけた選手たちが、ダッシュをくり返している。

ひときわ背の高いロジャー。駆ける。とまる。駆ける。とまる。金髪が風に揺れる。

「ロジャー、プラームに誰かをエスコートするのかしら……」

サンディが、つぶやいた。そうか……。もうすぐプラームなんだ……

PROM（プラーム）。簡単に言えば、卒業記念のダンス・パーティーだ。

でも、それはただのダンス・パーティーじゃない。とても重要な意味を持っている。もし女の子が男の子にエスコートされてプラームに登場したら、その二人は恋人（ステディ）だとまわりに公言することになる。

そのままいずれ結婚にゴールインするケースも多い。

それだけに、プラームの前の高校には、異常な熱気とウワサがうず巻くことになる。

誰が誰をエスコートするらしい。誰は誰にエスコートを申し込んだらしい。

そんなウワサが、学校中を飛びかうのだ。

「でも、ロジャーが誰かに声をかけたか、まるでわからないのよね……」

とサンディ。

「誰もエスコートしてこないんじゃない？」あたしは言った。

「それもそうね。ロジャーなら、いまステディをつくらなくても、いつでも山ほどの相手から選べるんですものね」とサンディ。あたしも、うなずいた。

「ボール！」アンパイアーが叫んだ。内角高目。顔の前をボールはかすめた。文句のないボールだ。

9回裏。スコアは3対3の同点。二塁に走者がいる。あたしの1発が出ればサヨナラゲームになる場面だ。

カウントは、これで1（ワン）―3（スリー）。敵に不利だ。

おまけに、ワーワーと叫ぶママの姿も、きょうはない。

高校生活最後の試合を、はなばなしく飾ってやる……。あたしは、バットを握りなおした。深呼吸。

そのときだった。敵のキャッチャーが、あたしにだけきこえるような小声で、

「お前のママ、キャブの運ちゃんなんだってな」と言った。無視。ところが、つづけて、

「この前の夜中、クヒオで男を乗っけてるのを見たぜ」とキャッチャー。ククㇰと笑った。挑発だ。わかってはいた。けど、体がもう動いていた。

素振りのフォームで、バットを後ろに引く。

その先で、キャッチャー・マスクをど突いていた。ゴシッ。にぶい音。

マスクをど突かれて、キャッチャーは後ろにのけぞる。背中から転んだ。

「何しやがる!」

とキャッチャー。マスクをむしりとる。起き上がる。

殴りかかってくる! 右フック! あたしの顔面に!

けど、あたしはサッと沈み込む。ガッ。相手のパンチは、あたしのヘルメットを殴った。

「クッ」と、うめき声。

あたしはバットを放り出す。逆に右パンチを飛ばしていた。敵の頬。

ビシッ! 当たった! キャッチャーは、よろける。尻もちをつく。

何か叫びながら、あたしは相手につかみかかっていた。

グラウンドに転がって、とっくみ合い。まわりから人が駆け寄ってくるのが、チラリと見えた。

高校生活最後の試合は、退場という不名誉な結果で終わってしまった。

泥だらけになったユニフォームのまま、家に帰る。

バスルームで脱ぐ。シャワーを浴びる。新しいTシャツをかぶる。

とっくみ合いですりむいた手の甲に薬を塗っていると、ママが帰ってきた。

「どうしたんだい、ケイコ」

「ちょっと、滑り込みに失敗したのよ」

あたしは、ブスッと答えた。

「で、試合は?」

「負けたわ」

「ま、しょうがないね」とママ。テーブルにフライド・チキンの箱を並べはじめた。今夜の晩ごはんもテイク・アウトらしい。

ロジャーから電話があったのは、泥だらけのユニフォームを洗っているときだった。夜の9時過ぎだ。電話をとったママから、受話器をうけとる。
「ロジャー?」
「ああ……。オレ」

「……どうしたの？　急に電話なんかくれて……」

「その……来週のプラームに……誰かエスコートしてくれる人は決まってるのかい？」

「べ……別に、いないけど……」

「そうか……。じゃ……オレが申し込んでもいいわけだ」

「……あなたが？……」もうちょっとで、〈きょうはエイプリル・フール？〉と言ってしまうところだった。

「ああ……もし君がよかったら……そうしたいんだけど……」

「で……でも……」

「言っとくけど、気まぐれや思いつきじゃないんだ」とロジャー。

「かなり前から……その……ケイコが一生けんめい野球の練習をしてるのを見てて、その……わかるだろう？」

「…………」あたしは、受話器を握ったまま、一瞬、言葉を見失ってしまった。

　確かに。アメラグの練習が終わってから、ロジャーがあたしたち野球チームの方を見物してることはあった。けど……。けど、それが、あたしを見てたなんて……。

「本当に本当のマジな話？」

「ああ。イエス・キリストにも、大統領にも、アメラグのボールにも誓ってね」とロジャー。

「オーケーしてくれるかい？」そのあと、どんなオーケーのし方をしたのか、まるで覚えていない。受話器を置いても、まだボーとしていた。

「ロジャー・トンプソンって、あのロジャーかい？」とママ。

「そう。あのロジャー……」あたしは、まだ受話器に手を置いたままうなずいた。

「プラームに誘われたのかい？」あたしはまた、うなずいた。

「そりゃ、すごいじゃないか」とママ。

「まるで場外満塁ホームランだね」と言った。

「ほら、これ」とママ。あたしに何かさし出した。

たたんだドル札だった。300ドルあった。

「これ……」

「新しいドレスが必要だろう」

「でも、前に買ったやつがあるから、あれにブローチでもつければ……」

「あんな古びたドレスじゃ、恥ずかしいだろう？　あのロジャーとの初デートなんだから」とママ。あたしは、まだボーとしたままうなずいた。

「ホント!?　すごいじゃない！」とサンディ。ステアリングを握って言った。

「あのロジャーと！」

あたしは、助手席でうなずいた。サンディの声には、単純な驚きしか感じられない。ネタミも嫉妬も感じられない。

ホッとした。また、同時に思った。それだけ、ロジャーは女の子たちにとって、現実ばなれした憧れの王子様なんだろう……。

「それじゃ、最高にめかし込んでいかなきゃね」とサンディ。

あたしたちは、サンディのクルマでアラ・モアナ・センターに向かっていた。もちろん、プラームのためのドレスをさがしにいくためだ。

サンディも、カヌー・チームのキャプテンにエスコートを申し込まれたという。

クルマは、カピオラニ通り（ブルヴァード）を走っていた。夕方近いカピオラニは、渋滞していた。ほとんど動かない。

サンディが、カー・ラジオのボリュームを上げた。あたしは、なにげなくわき見をした。

そして、思わず視線をとめた。通り(ブルヴァード)の端。一台のクルマがとまっていた。

パンクしたんだろう。タイヤ交換をしていた。それは、ママのキャブだった。

あたしは、一瞬、サンディを見た。

彼女に、気づかれたくなかった。けど、サンディはFMから流れる曲を、いっしょに口ずさんでいた。

FMは、ウィル・トゥ・パワーの唄う〈Baby, I Love Your Way(ベイビー・アイ・ラブ・ユア・ウェイ)〉を流していた。

あたしはまた、道路の端を見た。ママは、クルマをジャッキ・アップしていた。

ジャッキをくり返しくり返し上下させる。

ジャッキの柄に、キャブのバンパーに、夕陽が光っている。ママは、パンクしたタイヤをはずす。重いタイヤを転がしていく。スペア・タイヤを、トランク・ルームから出す。せいいっぱいの力を使って、タイヤを引っぱり出す。

ママの顔も腕も、汗びっしょりだった。土ボコリやオイルで汚れていた。

けど、そんなことにはおかまいなし。ママは、懸命にタイヤを交換していた。道路にヒザをついて、小太りの体を、黙々と動かしていた。

あたしは、一瞬、飛び出していこうかと思った。

けど、思いとどまった。ママの横顔が、そんなことを拒否しているように見えた。〈これぐらいのことに、あんたなんかの力は借りないよ〉そう言ってるように見えた。

同時に、涙がこぼれそうになっている自分に気がついた。

ああ……ママは、こんな風にして、毎日、働いてきたんだ……。

こんな風にして、男の中に混ざって、仕事をしてきたんだ……。

あたしと弟を育てるために、なりふりかまわず働いてきたんだ……。

あたしは、そう思った。

ピッツァやフライド・チキンの晩ごはんも、ママにしてみれば、せいいっぱいだったんだ。あたしの野球の応援だって……ママにしてみれば、娘の活躍を見られる、ただ一つの楽しみだったんだ……。

それに、この300ドル……。あたしは、ジーンズのポケットに手を突っ込む。ママがくれた、しわくちゃのドル札をギュッとつかんだ。

涙がこぼれてしまう寸前に、クルマの列が流れ出した。道路にヒザをついてタイヤ交換しているママの姿が、ゆっくりと小さくなっていく。

プラームの当日。午後4時。自分の家。リビングの鏡の前。

「きれいだよ」

とママ。あたしをながめて言った。あたしは、青いドレスに身を包んでいた。ママがくれた300ドル。それに自分の貯金から80ドル出して買ったドレスだ。

「これなら、ロジャーのパートナーとしても恥ずかしくないよ」

とママ。あたしは、うなずいた。そして、

「ところで、きょうは仕事に行かないの?」とママにきいた。

「ケイコの晴れ姿を見たかったからね。稼ぐのはこれからさ」とママ。

「そう。じゃ、出るついでに、学校の記念ホールまで乗せてってくれる?」あたしは言った。

「乗せてくって……あのキャブで、プラームの会場にいくってのかい?」

「そうよ。いいでしょう?」

「だって……」と口をパクパクさせているママに背を向ける。受話器をとる。ロジャーの家にかけた。

「ああ、ケイコか。これから迎えにいこうと思ってたところだ」とロジャー。

「それなんだけど、会場の入口で会うことにしてくれない?」

「入口で?……そりゃいいけど、君、まさかいつものスクーターでくるんじゃ……」

「バカねェ。ママのクルマでいくの」

「ママの……クルマで……」とロジャー。一瞬の沈黙……。そして、

「わかった。じゃ、記念ホールの入口で」と言った。

「本当にいいのかい?」とママ。エンジンをかけながら、

「こんなキャブで」と言った。

「いいっていったら、いいのよ」

助手席で、あたしは言った。プラームへいく女の子は、エスコートする彼のクルマか、親のクルマに乗ってくる。

「だって、とにかくこれがうちのクルマなんだから」あたしは言った。

「ほら、早く出さないと遅れちゃうわよ」とママをせっつく。ママはキャブを出しながら、

「こんなクルマで乗りつけたら、ロジャーが眼を回しちゃうよ」

「それも面白いじゃない」

あたしは笑いながら言った。ママのキャブに乗るのは、ずいぶんひさしぶりだ。

少しホコリっぽいエアコンの匂いを、あたしは胸に吸い込んだ。たそがれのホノルルが後ろに流れていく。

記念ホールの入口は、ごったがえしていた。めかしこんだ男の子と女の子が、にぎやかに立ち話をしている。

つぎつぎにクルマがつく。みんな、ピカピカに磨き込んだクルマだ。やはりピカピカにめかした親が、娘や息子を送ってくる。

「本当にいいのかい？」とママ。

「いいから、いって」あたしは言った。

ママは、キャブをホールの入口に乗り入れていく。ほかのちゃんとしたセダンと

は、あきらかにちがう排気音。バロロロロ……。そんな音に、みんながふり返った。

突然入ってくる古ぼけたキャブに、みんなが驚いて道を開ける。

道を開けるっていうより、よけるって感じだ。3メートル以内に近づいたら泥でもかぶる。そんな表情で、着飾った連中が左右によける。

やがて、ホールの入口。正面に、キャブはとまった。にぎやかな話し声も、ピタリとやんでいる。そこにいた全員が、あたしたちを見ていた。

その中から、一人、ゆっくりと歩き出してくる長身。

ロジャーだった。がっしりした体を、白いタキシードに包んでいる。背筋をのばし、微笑みを浮かべて、ゆっくりと近づいてくる。

あたしの乗ってる助手席の前へきた。ロールスかメルセデスのドアでも開けるように、助手席のドアを開けてくれた。あたしは、キャブから降りたつ。

「きれいだぜ、ケイコ」

とロジャー。彼は、レイを2つ持っていた。2つとも、ピンク・プルメリアのレイだ。

本土(メイン・ランド)のプラームなら、男の子が女の子に贈るのは花束(コサージュ)だろう。けど、ハワイじゃ、レイを贈ることが多い。

レイの1つを、ロジャーはあたしの首にかけた。青いドレスに、ピンク・プルメリアはよく似合った。あたしとロジャーを、そこにいた全員が、じっと見ていた。

ロジャーは、キャブの逆側に回る。

「これは、ママに」と、もう1つのレイを運転席のママにさし出した。

「え?! 私に?……」とママ。一瞬、びっくりした表情。それでも、

「ありがとう、ロジャー」ママは、それをうけとる。さすがにちょっと照れた顔。

「こいつは私にゃ、ちと派手だね」と言った。

「でも、よく働いてくれたお前には、ふさわしいかもね」とママ。キャブのサイド・ミラーに、そのレイをかけた。あたしは、運転席に首を突っ込む。

「じゃ、ママ……ありがとう……」やっと、それだけ言えた。ママの頬に、短いキス。もう、涙が頬をつたっていた……。

「ほらケイコ、せっかくのドレスが濡れちゃうよ」とママ。

「楽しんでおいで」と、あたしの肩を押した。あたしはうなずく。ふり向いた。ロジャーがいた。

「じゃ、いこうか」とロジャー。左腕をさし出した。白い歯をニコリと見せた。

あたしは、ロジャーのたくましい腕に、自分の腕を回した。まるで結婚式みたいだった。

あたしたちは、ホール入口の階段をゆっくりと登っていく。みんなが、思わず左右に道を開けた。

階段の一番上まで登ったとき、あたしは一度だけふり向いた。

とまっているママのキャブ。サイド・ミラーにかけられたプルメリアのレイ。

運転席のママが、親指を立ててGOのサイン。ニッと嬉しそうに笑った。

サイド・ミラーのレイが、風にフワリと揺れた。

アイ・ラブ・ユーが旅をする

その夕方。僕は、ハワイのプールサイドにいた。
コマーシャル・フィルムの撮影で、ハワイにきた。撮影は無事に終わり、撮影スタッフは、日本に帰った。僕ひとり、ハワイに残った。
3、4日、息抜きをしていたところだ。午後4時。昼間の暑さも、少し、やわらいできていた。
「ハイ」頭の上で声がした。顔を起こす。アニーが、微笑っていた。僕も、「やあ」と、右手を上げてこたえた。

アニーは、高校生だった。カリフォルニアの娘だ。手足は、長い。少し茶色がかった金髪を、ポニー・テールにしている。

両親と妹と、四人でハワイにきていた。長い夏休みを、このホテルで過ごしているらしかった。

知り合ったのは、2日前。彼女が落とした部屋のキーを、僕がひろってあげたからだ。それ以来、よく、プールサイドで会う。

その夕方。アニーは、レモン・イエローのビキニを着ていた。

僕のとなりのデッキ・チェアーに坐る。タオルをしいたデッキ・チェアーで、彼女はアグラをかいた。

いかにも、おてんばなアメリカ娘。そんな雰囲気だった。

アグラをかいた彼女は、レター・ペーパーをとり出した。ホテルにそなえつけの青いレター・ペーパーだった。読みかけのペーパー・バックを下敷きに、彼女は手紙を書きはじめた。

熱心に書いている。ときどき、海岸（ビーチ）から風が吹く

風は、レター・ペーパーの端を、めくっては過ぎる。そのたびに、彼女のポニー・テールも、かすかに揺れる。

「何か、おかしい?」と、アニーが僕にきいた。僕が、不思議そうな顔でながめていたからだろう。

「君みたいなおてんば娘でも、手紙を書くのかと思ってね」と、僕は答えた。

「失礼ね」アニーは、口を少しとがらせた。微笑（わら）いながら、また、手紙を書きつづ

ける。

それは、たぶん、恋人への手紙だろう。彼女の真剣な横顔から、僕は勝手に、そう思い込んだ。手紙は、20分ぐらいで書き終わった。最後の一行……。たぶん〈P.S. I Love You〉を書き終えた。

アニーは、ボールペンを置く。

封筒に、手紙を入れる。封筒を、舌先でなめる。ていねいに、封をする。何回も何回も、封を確かめる。

「ずいぶん、ていねいなんだね」体にサン・オイルを塗りながら、僕はいった。

「そりゃ、旅じたくだからね」と、アニーが答えた。

「旅じたく?」

「そうよ。手紙は、何千マイルも旅をするわけだからね」アニーは、微笑みながら、そう言った。

「ちゃんと、目的地まで、たどりつけるようにね」と言いながら、ていねいに切手を貼った。

風が、涼しくなっていた。

僕らは、水着の上に、Tシャツとパンツを着た。ホテルのロビーを通り抜ける。

郵便箱(メイル・ボックス)の前で、アニーは立ちどまった。さっき書いた手紙をとり出す。封筒に、軽くキス。

「いってらっしゃい」と言うと、メイル・ボックスに落とした。笑っている僕に、

「何か、おかしい?」

「いや、アメリカ人のおてんば娘を、少し見なおしたところさ」

「じゃ、何か、ごちそうして」

「わかったよ」

僕とアニーは、たそがれのせまるホノルルの街へ、のんびりと歩き出した。

タイム・リミットは、その１杯

僕らは、砂浜で朝陽を待っていた。

ハワイ・オアフ島。午前5時。CFの撮影だった。

砂浜にさす朝一番の斜光で撮影する。そんなコンテだった。

撮影スタッフは、モデルも入れて十八人。まだガランとしたアラ・モアナ海岸（ビーチ）で、陽が出るのを待っていた。

ビーチの端に、木でできた簡単なテーブルとベンチがある。僕は、そこに坐って、コンテの内容と秒数を確認していた。

ベンチにはもう一人、スタイリストの圭子がいた。

圭子は、28歳。独身。第一線で仕事をしている撮影スタッフだった。

彼女は、撮影用の靴に、ガムテープで裏貼りをしていた。撮影用の靴は、借りてきたものだ。汚さないように、裏にガムテープを貼って、モデルにはかせるのだ。

「はい、コーヒーです」という声。アシスタントが、紙コップに入ったコーヒーを2つ、テーブルに置いた。

ハワイといっても、明け方だと、風はひんやりと涼しい。コーヒーからは、熱い香りがたちのぼっていた。僕は、コーヒーに口をつけて、

「アチッ」と言った。

「どうしたの？」圭子が、ガムテープを貼る手をとめてきいた。

「猫舌なんだ」僕は、苦笑しながら答えた。

「猫舌か……」圭子が、つぶやいた。目の前のコーヒーを、じっとながめている。

「どうした？」今度は逆に、僕がきいた。

「猫舌がどうかしたのか？」コーヒーを、フーフーと吹きながら、僕はきいた。

「何かあるんだろう。しゃべれよ」

「昔の話よ」

「いいさ。しゃべれよ、ヒマつぶしに」圭子は無言。1、2分、黙って手を動かしていた。そして、ポツリポツリと話しはじめた。

「スタイリストになって間もない頃、恋愛をしたわ」

「相手は？」

「広告主(クライアント)の担当者。同じ年齢(とし)だった。やっぱり大学を出たてで」

「うまくいった？」

「相手が東京にいる間はね」

「っていうと？」

「転勤になったの、ニューヨークに」

「………」

「成田まで送りにいったわ」

「そこでプロポーズされたわけか………」

「されるかもしれないとは思ったわ。ドラマみたいに〈ついてきてくれる？〉なんてね」圭子は、ハサミを持ったままカラリと笑った。

「それで？」

「二人で、空港のコーヒー・ショップに入ったわ」

「プロポーズされた？」

「相手が切り出すのを、待ったわ。でも、相手もまだ若かったし、迷ってたのね、きっと」僕はうなずいた。

「目の前に置かれたコーヒーを見つめて、そのとき心に決めたの。この一杯を飲み終わるまでに彼が切り出さなかったら、きっぱりとあきらめようって」

「タイム・リミットを決めたわけか」

圭子がうなずいた。数秒の沈黙……。

「黙ってコーヒーを飲んだわ……。どんどん少なくなっていくカップのコーヒーが悲しかった」圭子は、明るくなりはじめた水平線をじっと見た。

「……こんなとき、猫舌だったらよかったのにと思ったわ」

「………」

「でも、やっぱり、いつものスピードで飲むしかなくて……コーヒーは、なくなったわ」

「時間切れ（タイム・アップ）か」

圭子は、小さくうなずいた。

「笑顔で見送ったわ。風の強い日だった」と圭子。苦笑しながら、

「でも、過ぎたことよ」と言った。空が、明るさをましていた。淡い朝の陽が、ヤシの葉先に光った。

「あと20分でカメラ回せます……」アシスタントの声が、砂浜に響いた。

まだかなり熱いコーヒーを、圭子はきれいに飲み干した。

僕も、紙コップの底に残った五分の一を、飲み干した。コーヒーは、舌に熱く、少しホロ苦かった。

僕と圭子は、立ち上がった。撮影開始の合図のように、アラモアナ海岸(ビーチ)に風が吹いた。圭子が飲み干した白い紙コップが、涼しい朝の風にかすかに揺れた。

ジェームズ・ボンドになれなかった

そのたそがれ。僕は、ナッソーの街を歩いていた。

バハマ諸島のニュー・プロヴィデンス島。最大の街、ナッソー。大昔は、海賊たちが暴れ回った土地であり、少し前は、あのジェームズ・ボンドが活躍した所だ。

僕は、ルーレットですったところだった。

ナッソーの街のすぐそばに、パラダイス・アイランドという小さな島がある。リゾートの島だ。

僕の泊まっていたホテルも、その島にあり、すぐ近くにはカジノがあった。カジノといっても、タキシード着用というような007映画の世界ではなく、アロハ・シャツで入れる気楽なものだ。

その午後、僕とカメラマンのFは、そのカジノで遊んでいた。

僕は、ルーレット・テーブルにいた。バクチには強い方ではないが、たまたま、ついていたんだろう。たてつづけに、勝っていた。4つの数字に賭けるやり方がうまくいって、かなりなチップが僕の目の前に積まれた。

そこで、ディーラーが交代した。若い女のディーラーだった。長くきれいな指が、ルーレットを回し、玉を滑り込ませる。

とたんに、つきが落ちた。1時間たらずでチップの山は消えていた。どうやらジェームズ・ボンドにはなりそこねたらしい。

僕はカジノを出る。島からナッソーに渡る橋を、ぶらぶらと歩きはじめた。

橋を渡りきった所に、露店が並んでいた。そこで僕はコンク貝を買った。コンク貝は、ラグビー・ボールぐらいもある貝で、このあたりの特産らしい。その身を刻んで、玉ネギやトマトとあえたものを、紙のカップに入れて売っていた。

僕は、それを買った。コリコリとしたコンク貝を口に運びながら、また歩きはじめた。

彼女と出会ったのは、湾岸通り（ベイ・ストリート）だった。酒屋（リカー・ショップ）の前だ。目があったとたん、すぐにわかった。さっきのルーレットのディーラーをやっていた金髪の美人だった。

仕事が終わったところなんだろう。蝶ネクタイ姿じゃない。綿のワンピースにテニス・シューズをはいていた。酒屋で買ってきたらしい。ビールの6缶（シックス）パックを持っていた。

向こうも、僕に気づいた。あら、という顔。

「やあ」僕は、微笑みながら、持っているコンク貝の紙カップを見せて、

「君の腕が良かったおかげで、僕のきょうの夕食は、これだけだ」

と言った。笑顔が、彼女の顔に広がる。彼女は、持っていたビールの6缶（シックス）パックから、1缶はずすと、

「せめて、これでも飲んで」

と僕に渡した。駐めてある赤いトライアンフに乗る。手を振りながら走り去っていった。

僕は、ビールを開ける。冷たいシャワーをノドに流し込む。また、ゆっくりと湾岸通り（ベイ・ストリート）を歩きはじめた。

カリブの海からの風が、アロハのスソを揺らす。どこからか、スチールドラム楽団（バンド）の、のんびりとした音楽が流れてきた。

さよなら、金髪のマリアンヌ

「意外に、きれいな金髪っていないもんだなァ」

とプロデューサーのK。ポラロイドの山をながめて、つぶやいた。僕も、うなずく。ポラの1枚を、手にとる。

あいそ微笑(わら)いをした白人モデルが、写っていた。金髪娘。とはいっても、いわゆるダーク・ブロンド。灰色がかったブロンドだ。僕は、そのポラを、テーブルの上にポンと置いた。

ホノルル。現地コーディネーターのオフィス。僕らは、モデル・オーディションの最中だった。

広告の撮影。商品はアメリカ製のリンスだ。

エメラルド・グリーンの海を背景に、金髪娘が歩く。潮風に揺れる美しい金髪。スロー・モーション。

それだけの15秒CFだ。

コンテにストーリーやトリックがない。その分、モデルの金髪と海の色が決め手になる。

白人モデルが山ほどいるホノルルでモデルを選ぶ。そのまま、赤道をこえて南下。タヒチのボラボラ島に飛ぶ。そこで撮影する。

そんなスケジュールになっていた。ところが、

「ハワイで金髪モデル選びに手こずるとはなァ」プロデューサーのKは、またつぶやいた。

この2日間、百人をこえるモデルを見た。けれど、これと思う娘はいなかった。金髪の色に、さえがない。どこか、色がくすんでいる。ムラがある。そんなモデルばかりだった。

逆に、きれいな金髪だとショートカットだったりした。いまのところ、確かな当たりはない。

「でも、つぎにくる娘なら、絶対にいいと思うよ」とコーディネーター。

「名前は?」

「マリアンヌ。売れっ子だから、少しギャラ高いけど、だいじょうぶ。うまくモデ

ル・エージェンシーに言って下げさせるから」

コーディネーターがそう言ったときだった。ドアが開いた。白人の男と女が入ってきた。プロデューサーのKが、思わず、

「うむ」と言った。

女の方が、どうやら、そのマリアンヌらしい。

コーディネーターが、僕らスタッフに、

「マリアンヌと、マネージャーのエリック」と紹介する。

確かに。マリアンヌは、きれいな金髪だった。くせのないブロンドが、肩までかかっている。前髪は、眉の上で切り揃えてあった。

顔も、問題ない。明るく、翳(かげ)りのない、美人だった。オリビア・ニュートンジョンの若い頃に、ちょっと似ていた。「いちおう、ポラ、撮っておこう」僕は言った。

コーディネーターが、マリアンヌにポラロイド・カメラを向ける。

マリアンヌは、まっ白い歯を見せる。ニコリと微笑(わら)った。赤い口紅をぬった唇が、バラのように咲いた。ポラのストロボが光った。

「やれやれ、決まったな」

とプロデューサーのK。僕を見た。

「ディレクターとしては？」

「まあ、文句ないね」僕は言った。マリアンヌのポラを片手に、うなずいた。

僕とKは、窓の外を見た。

オフィスの前の駐車場。マリアンヌとエリックが、クルマに歩いていくのが見えた。エリックは、マリアンヌの肩を抱いている。モデルとマネージャーの間柄にしては、親し過ぎる。そんな気がした。

「あいつら、恋人同士なのか？」

Kがコーディネーターにきいた。

「ああ。そうらしいね」とコーディネーター。なるほど……。僕は、胸の中でうなずいた。エリックも、なかなかのハンサム・ボーイだった。もしかしたら、マネージャー業に回る前は、モデルをやっていたのかもしれない。

「でも、問題ないよ」とコーディネーター。

「タヒチには、マリアンヌひとりでいかせるようにするよ」

「そう願いたいね」とK。「撮影現場でベタベタされたんじゃ、たまらないからね」

苦笑しながら言った。

「あーあ、お熱いことだ」とスタッフの一人。ふり向いてつぶやいた。

3日後。ホノルル空港。

タヒチ行きのハワイアン航空が出る。その出発ゲートだ。僕らスタッフは、出発ゲートをくぐろうとしていた。

そんなことにおかまいなく、マリアンヌとエリックは別れをおしんでいた。お互いの首に腕を回す。何回もキス。唇をはなすたびに、何かをささやいている。

けれど、もう出発の時間。ゲートのあたりにいるのは、僕らスタッフだけだ。ほかの乗客たちは、とっくに乗り込んでいる。

「ほら、マリアンヌ！」

「出発だぞ！」

スタッフが叫んだ。マリアンヌは、ふり向く。うなずいた。
その唇に、エリックは最後のキスを浴びせかける。
マリアンヌは、やっとエリックからはなれる。こっちに向かって走ってきた。
エリックは、マリアンヌに大きく手を振る。僕らスタッフにも、あいそよく手を振る。
「じゃ、1週間、借りるからね！」
「無事に返すから心配するな！」僕らは、口々に、エリックに言ってやる。
「急いでください」とハワイアン航空(エアー)の係員が僕らをせかす。

約7時間飛んでタヒチの首都パペーテへ。
パペーテで1泊。翌朝、小型機でボラボラ島へ飛ぶ。
眼の下に、ボラボラ島の環礁(リーフ)が見えてきたとき、その色に、
「わあ……」ハワイ育ちのマリアンヌが思わず声を上げた。

天気は安定していた。撮影は順調に進んでいった。マリアンヌの金髪。ボラボラの海の色。僕らは、ただカメラを回せばよかった。

「カット！」僕は叫んだ。カメラの回転音がとまる。

〈こっちはOKだが、そっちは〉という眼で、カメラマンをふり向いた。カメラマンも、

〈OK〉という表情。ロヒゲの間から、白い歯をのぞかせる。

「オーケイ！　終わりだ！」砂浜に立っているマリアンヌに、僕は叫んだ。

「お疲れ！」

「お疲れさま！」の声が砂浜に響く。15秒CFを3タイプ。そしてポスター用のスチール撮影。すべて終わった。

「やあ」近づいてくるマリアンヌに、僕は片手を上げた。

たそがれ近く。砂浜を見渡すホテルのビーチ・バー。シャワーを浴びた僕は、ひ

とり、夕方の一杯を飲んでいた。ジン・トニック。ライムのスライスを浮かべたものだ。

マリアンヌも、シャワーを浴びてきたんだろう。服も、撮影中のサマー・ドレスとは、かなりちがう。洗いざらしの白いTシャツ。ブルージーンズ。そんなラフなスタイルだ。

「一杯飲むかい?」僕は言った。マリアンヌは、白い歯を見せてうなずく。

僕のとなりのスツールに坐った。ビーチ・バーの客は僕らだけだ。タヒチアンのバーテンダーがやってくる。マリアンヌの前に、コースターを置いた。

「カンパリ・オレンジを」とマリアンヌ。バーテンダーはうなずく。テキパキとカクテルをつくりはじめた。

カンパリ・オレンジが、マリアンヌの前に置かれた。僕らは、

「撮影の成功に」

「お疲れさま」とグラスを合わせた。

「一つだけ、告白していい?」マリアンヌが言った。一杯目のカンパリ・オレンジ

を飲み干したときだった。

「告白?」と僕。

「そう。私の金髪(ブロンド)のことで……」とマリアンヌ。

「その金髪が本物じゃないってことかい?」僕は言った。マリアンヌは、一瞬、言葉を見失う。

「……気がついてたの?」

「ああ」

「……いつから?」

「君がオーディションにきたときからさ」微笑いながら、僕は言った。バーテンダーに、ジン・トニックとカンパリ・オレンジの二杯目を頼む。

「……でも……」とマリアンヌ。

「どうして……わかったの?……」

「金髪が、ムラなくきれい過ぎたからね」僕は言った。

「染めたものじゃなくちゃ、そこまでムラのない金髪にならないだろう?」

「でも……それがわかってて……」

「なぜ、君をモデルに選んだかってことかい?」マリアンヌは、うなずいた。

僕らの前に、二杯目が置かれた。僕は、ジン・トニックに口をつける。

「撮影の場合、本物の金髪かどうかなんて、あまり関係ないんだ」

「………」

「それより、本物らしく写るほうが大切なわけさ」僕は言った。

「ときには、ニセ物のほうが本物より本物らしく見えるときもある。そういうこと」と僕。「今回のフィルムも、きっと、きれいな仕上がりになると思うよ」と言った。

マリアンヌは、小さく、うなずいた。カンパリ・オレンジをひと口。たそがれの陽ざしが、グラスの赤に揺れている。

「……本物より、本物らしく見える、か……まるでエリックのキスね……」マリアンヌは、つぶやいた。


「彼との間柄が？」思わず、僕はきき返した。

「あのエリックとのつき合いが、本物じゃない？」マリアンヌは、はっきりとうなずいた。

「だって、あんなに……」

「熱々だったから？」

「ああ」

「でも……あれは、ほとんど演技なの」とマリアンヌ。「そりゃ、気持ちの何分の一かは本物かもしれないわ」といった。さらに、

「でも……ほとんどは、ニセ物ね」

「っていうと？」

「つまり、彼が愛してるふりをしているのは、売れっ子モデルのマリアンヌで、本当の私じゃないの」

「……それは、個人的に？　マネージャーとして？」

「両方だと思うわ」とマリアンヌ。軽く、ため息。

「それに気づいたときはショックだった」

「…………」

「けど、彼が見せる私へのベタベタはどんどんエスカレートしていったわ」マリアンヌは、軽く苦笑いして「あなたも見たとおりね」と言った。

「でも……いつか、私が売れっ子モデルじゃなくなって、この染めた金髪を元の

茶色(ブラウン)に戻したら、彼はさっさと去っていくと思う」

「……やってみたら?」二杯目のジン・トニックが、僕にそう言わせた。

「……やってみるつもりよ」とマリアンヌ。「とっくに、決めてたの」と言った。

「ハワイ大学で社会学を勉強してた平凡な女子学生が、ある日、冗談で髪を金髪に染めて、アラ・モアナを歩いていたら、モデル・エージェンシーにスカウトされた。それが、私よ」

とマリアンヌ。

「2年間のモデル生活は、それなりに楽しかったけど、もう、嫌になりはじめていたのね……」

「嫌に?」マリアンヌは、うなずく。

「髪を染めて、カメラの前でつくり笑いをする。そんな自分が、嫌になっていたのね」カンパリ・オレンジを、ひと口……。

「私は、こんなラフなスタイルで、学校のキャンパスを歩いている自分が、やっぱり好き……来月から、大学に戻るわ……」マリアンヌは言った。

「だから、この仕事が、モデルとしての最後の仕事になるわけ」

「…………」

「エリックは驚くと思うけど、もう3か月も前から決めていたの」とマリアンヌ。

ニコリと白い歯を見せた。

「それじゃ、何も言うことはないな」僕は言った。

「君の最後の仕事でディレクターをできてよかった」

バーのラジオから、W(ホイットニー)・ヒューストンのバラードが流れていた。太陽は、あと数センチで水平線にとどく。マリアンヌの横顔は、夕陽色に染まっている。たぶん、僕の顔も……。

「じゃ、金髪のマリアンヌに、お別れの乾杯といくか」僕は言った。マリアンヌも、微笑(わら)いながらうなずいて、

「今夜は、南十字星をながめながら、思いきり飲みましょう」と言った。

僕らは、グラスを合わせた。グラスの中。氷がチリンと涼しい音をたてた。

ボラボラ島の海風が、マリアンヌの金髪をフワリと揺らせて過ぎた。

ブルー・レディに8連発

タン！　タン！　不思議な音をきいた。

グアム島北部。アンダースン空軍基地に近い小さな砂浜。午後4時。

淡いブルーのシボレーが1台、ぽつんと海に向かって駐まっていた。

白人の少女がひとり。年齢は18歳ぐらい。栗色がかった金髪を後ろで束ねている。

カット・オフ・ジーンズ。長ソデの青いトレーナー。青いスニーカー。

全体に色のさめた青が似合っていた。よく陽に灼けた両足を、前のバンパーにかけて、ボンネットに坐っていた。
4、5メートルとなりにクルマを駐めた僕に気づく。彼女は、ちらっと白い歯を見せて「ハイ」と言った。僕も片手でこたえる。
彼女は、両腕を海に向かってのばした。手には自動拳銃が握られていた。

指に力が入る。

タン！　タン！

たそがれの水平線に向かい、一発射つたびに、ポニー・テールの先が軽く弾ねた。

拳銃の発射音をきいたのは、はじめてだった。

映画のようにズキューンでもなければ、ドキューンでもない。ひどく乾いた、タン！　タン！　という音だった。

抜いたマガジンに弾をこめ、また拳銃をかまえようとする彼女に、僕はきいた。

何を撃っているのか……一瞬考えて、

「ヴェトコン」彼女は、横顔でそうつぶやいた。

一発目の発射音とダブっていた。が、たぶんまちがいないと思う。

その頃、米軍はまだ、ヴェトナムの泥沼で戦っていたのだ。

爆音。見上げる。

十字架の形に編隊を組んだジェット戦闘機が北から南へ飛んでいく。今日もまた、帰ってこられなかったパイロットがいたらしい。

水平線を彼女は撃ちつづける。その頬がかすかに濡れているのに、僕は気づいた。彼女の父か兄は、ヴェトナムで散ったのかもしれない……。

硝煙の匂いが、潮風に乗って僕の鼻先をかすめる
僕は、アイス・ボックスから、その日最後のシュリッツを出して飲んだ。オーティス・レディングの唄う〈ザ・ドック・オブ・ザ・ベイ〉が、カー・ラジオから流れていた。

1969年ジャックとベティが夜の砂浜でした約束

《1969年》

「ジャックとベティは砂浜で」後ろで、唄声がきこえた。

「ジャックとベティは、あれのまっ最中」

替え歌だった。唄っているのは、男の子三人。ベティより、1級下。9年生(フレッシュマン)の子たちだ。ハイスクールの昼休み。一階にある食堂だった。

「ジャックとベティは砂浜で」男の子たちが、唄いつづける。ベティは、ふり向こうとした。

「ほっときなさいよ。妬いてるだけなんだから」

となりで、同級生が言った。それでも、男の子たちは、わいわいと唄いつづける。

「ジャックとベティは、まっ最中。あそこに砂が入りそう」

ベティは、立ち上がった。かじっていたチリ・バーガーを、テーブルに置く。ふり返る。

「ちょっと、あんたたち」テーブルにあった、ケチャップをとった。

「いいかげんにしたら！」

ケチャップのチューブを、思いきり絞った。ケチャップが、勢いよく吹き出す。右側の子のニキビ面に。まん中の子の青いTシャツに。左側の子の金髪に。

まっ赤なケチャップが、飛び散る！　笑い声と叫び声が、食堂に響く。

「ベティ、午後の授業は？」と同級生。

「サボるわ」

ベティは、白い歯を見せた。食堂を出る。校庭の端。置いてある自分の自転車に駆けていく。自転車で、走り出す。

授業なんてうけてる気分じゃなかった。ベティは、きのう、16歳になった。

その日に、運転免許をとった。もう、子供じゃないんだ。そう、自分にいいきかせた。走りながら見上げるホノルルの空は、きょうもまっ青だ。

「ねえ……これ……」ベティは、思わずつぶやいた。そのクルマの前で、足をとめた。

「これかい？」と、中古車屋のオヤジ。

「これ、買い手がついてるの？」

「いや」オヤジは、首を横に振った。

「きのう、きたばかりなんだ」と言った。フォルクスワーゲンかぶと虫（ビートル）だった。色は、ピンク。淡いピンクだ。コンバーチブル。幌がたたんである。

「いいわね、これ……」ベティは、つぶやいた。

「ああ。あんたみたいなじゃじゃ馬娘（フラッパー）には、ピッタリかもね」とオヤジは、苦笑い。

「早くしないと、売れちまうぜ」

と言った。それは、嘘じゃない。このハワイじゃ、ワーゲンは人気がある。塗装がよくて、長持ちするからだ。アメリカ車は、すぐに潮風にやられる。ボロボロになる。けど、ワーゲンなら、その心配はなかった。

「いい色ね……」ワーゲンをながめて、また、ベティはつぶやいた。

「どうしたんだい？　これ……」ジャックは、クルマを見て言った。

「どうしたって、あたしのよ」

クヒオ通り（アベニュー）の、いつもの角。夜の7時。ベティは、笑いながら答えた。

「わけはゆっくり話すから、さあ乗って」

「OK」とジャック。長い脚で、ワーゲンのドアをまたいできた。

「ほら」ジャックが、紙袋をさし出した。さわってみる。冷たかった。

「ビールね。どうしたの？」

「きょうは、特別だから……」ジャックは、小さくつぶやいた。

「だいじょうぶだってば！」
ベティは、叫んだ。時速50マイルで、ルート93を走っていた。走りながら、プリモ・ビアーを飲んでいた。
「本当に、だいじょうぶだってば！」また、ワーゲンのアクセルをふみ込む。

「あそこだ」

と、ジャック。砂浜の入口を指さした。スピードを落とす。角を曲がる。けど、やっぱり、少し酔ってた。ステアリングを切りそこねた。砂浜のヤシの樹に、ワーゲンの前をぶつけた。軽いショック。

「あーあ」

おりてみる。前のバンパーが、少しへこんでいる。

「たいしたことないわ」

「決まったんだ、入隊の日が……」ジャックが、ぽつりと、いった。

「そう……」ベティも、つぶやく。

「兵役って、何年？」

「たったの2年さ」

「でも……ヴェトナムへ行くんでしょう？」

「たぶん……」

二人は、ワーゲンのドアにもたれていた。夜の砂浜。彼は、静かだった。

「何やってるのかしら」ベティが言った。クルマのラジオ。さっきから、アナウンサーがわめき散らしている。

「アポロ11さ」と、ジャック
「あ……そうか」

「もうすぐ、月に、飛行士がおりるんだ」二人は、月を見上げた。

「宇宙船は、どの辺に着陸してるの？」

「さあ……よく見えないなあ」

笑い声が、砂浜に響いた。

「兵役から帰ってきたら……結婚しよう」ジャックが言った。ベティは、ゆっくりとうなずいた。

「子供、たくさん欲しいわね」

「ああ……とりあえず、男の子が二人」

「名前は？」

「おれたちが、ジャックとベティだから、子供は、トムとジェリーかな」笑いながら、ジャックがいった。

「一日中、追っかけっこしてる兄弟になりそうね」

と、ベティ。アナウンサーの声が、興奮している。

〈人類初の〉〈アメリカの名誉をかけて〉〈歴史的な瞬間が〉そんな、大げさな言葉が、風にのって砂浜を流れていく。

二人は、軽くキス。

「ん……」

「アポロ11は月に着陸する。おれは、君に着陸する」ジャックの手が、バストにのびてきた。

「ヴェトナムで、浮気しちゃダメよ」

ベティは、自分でシャツのボタンをはずしはじめた。月が、少しだけにじんで見えた。

《1974年》

「ん……」

ローリーは、足をとめた。クヒオ通り。ABCストアの前。午後1時。

陽ざしの中に、一台のクルマが駐まっていた。ピンク色のワーゲンだった。

ローリーは、運転席をのぞく。やっぱり、キーがつけっぱなしになっていた。持ち主は、ABCストアで買い物をしてるらしかった。

ローリーは、ためらわなかった。

食べかけのハンバーガーを、犬みたいに口にくわえる。ワーゲンに乗り込む。ペダルが、少し遠い。

ローリーは、13歳だった。体も、そう大きい方じゃなかった。シートを、少し前にずらす。

ペダルに楽に足がとどくようになった。エンジンをかける。ゴム草履で、アクセルをふみ込む。陽ざしの中へ走り出す。

「悪くないね」赤鯛（スナッパー）のジョーが、つぶやいた。

「1969年型か……。エンジンも、足まわりも、悪くないね」と、ニッと笑った。

ルート99の西。貧しいハワイアンの家が多い一画。ローリーの家も、もちろん、ここにあった。

5軒となりが、ジョーのガレージだった。

ジョーが、赤鯛（スナッパー）と呼ばれているのには、ちゃんとした理由があった。いつも、大麻（バカロロ）をくわえている。マーケットで売ってるスナッパーみたいな、トロンと赤い眼をしているからだ。

きょうも、そうだ。ジョーは、口の端に、大麻をくわえている。甘酸っぱい匂いが、ガレージに漂っていた。

「上出来じゃないか、ローリー」ワーゲンをながめて、ジョーはいった。

「早く、ナンバー・プレートを替えてよ」ローリーは言った。

「バカロロなんか吸ってないで、早くしてよ！」

「わかったわかった」

ジョーは、だるそうにいった。ガレージの端。ドラム缶に、手を突っ込んだ。そこには、ジョーの商売道具の古いナンバー・プレートが、ごっそり入っている。

「ま、ローリーだから、まけておくか」

「わかったから、早くやって！」ジョーは、のろのろと、ドライバーを動かしはじめた。

「さあて……」ローリーは、ひとりでつぶやいた。

褐色がかった髪を、輪ゴムで束ねる。水中メガネ。シュノーケル。足ヒレ。つぎつぎと、つけていく。どれも、海岸でしっけいしてきたものだった。最後に、ゴム手袋をはめる。

オアフ島の東。カイルア湾。午後の陽ざしが、水面に照り返している。

ローリーは、水着を持っていなかった。そんなもの、買ってもらったことがない。もっと子供の頃は、裸か、パンツ一枚で海に入った。けど、もう、恥ずかしい年頃になっていた。Tシャツ、ショートパンツで、海に飛び込んだ。水は、温かく、底の方まで透き通っていた。

2時間後。ローリーは、海から上がった。バケツをかかえていた。中には、ウニがいっぱい入っていた。

ウニたちが、トゲを動かす。トゲの先が、錆びたバケツにさわって、ガサガサと音をたてていた。

「よいしょ」バケツを、ワーゲンにのせた。

2時間にしては、まずまずの収穫だった。

ウニは、ホノルルの街へ持っていく。シーフード・レストランでも、日本人のスシ屋でも、買ってくれる。クルマを手に入れるまでは、できなかったバイトだった。

これなら、10ドルにはなるだろう。ローリーは、微笑んだ。

あと1週間で、恋人のタケシの誕生日だ。プレゼントが、買えそうだった。

ローリーは、ワーゲンに乗り込む。ホノルルに向かって、走りはじめる。誕生日のプレゼントは、何にしよう……。

新しいスケートボード。それとも波乗り（サーフ）パンツ……。

「あ……」ローリーは、思わず、声を出していた。

急ブレーキ。ワーゲンは、つんのめってとまる。

アラ・モアナ海岸（ビーチ）。見なれた青いホンダが駐まっていた。タケシのクルマだった。

たそがれの砂浜をながめる。タケシが、女の子といた。金髪の女の子と、キスをしていた。

16か17ぐらいの、グラマーな娘（こ）だった。黒い髪のタケシ。金髪の女の子。二人は、キスをしながら、海に入っていく。

「なんで……」ローリーは、つぶやいた。「そんな……ひどい……」キスだって、させてあげた。バストだって、触らせてあげた。ヴァージンだって……。

ローリーは、唇をかんだ。ワーゲンをおりる。バケツを、つかんだ。砂浜に歩いていく。

タケシと金髪の娘は、海の中。抱き合って、波と遊んでいる。

二人が敷いている大きなタオル。青いビーチ・タオルを、ローリーはめくった。

バケツのウニを、そこにバラまく。タオルを、もどす。

ローリーは、回れ右。クルマに歩いていく。

ワーゲンのエンジンをかけたとき、金切り声が、砂浜に響いた。

ローリーは、クルマを出した。唇をかんで、アクセルをふみ込む。

「いいきみよ」そう、胸の中でつぶやいてみた。

けど、つぎの瞬間、思い浮かべていた。ベッドの上。いちゃいちゃしている裸の二人。お互いのヒップにささったウニのトゲを抜きあっている姿。

「ウッ……」涙が、あふれ出た。ヤシの樹が、にじむ。信号が、かすむ。

けど、かまわずに走りつづける。

通り雨(シャワー)が、降ってきた。天気雨だった。細かい雨粒が、頬の涙を流していく。アラ・モアナ通りを西へ。ワーゲンの幌もおろさず、ローリーは走りつづけた。

《1984年》

朝の7時。広子は、眼を覚ました。

すぐに、シャワーを浴びた。きょうは、キレイにして出かけたかった。

タオルで体を拭く。新しいTシャツとショートパンツを着た。

髪は、まだ濡れていた。けど、かまうものか。この島じゃ、太陽と風がドライヤーだ。ホノルル空港まで走っているうちに、乾いてしまうだろう。大きなショルダー・バッグを肩にかける。自分の部屋を出る。

「きょうも、バスケの練習かい？」食堂で、新聞を読んでいた父親が言った。

「そうよ」テーブルのオレンジを1個とると、広子は言った。

「少し、遅くなるかもしれないわ」

食堂を出ていくとき、一度だけふり返った。コーヒーを飲んでいる父親。その背中に、〈さよなら〉と言った。

モデルになるために、ロス・アンジェルスにいく。そのための家出だった。

広子は、玄関を出た。きょうも、いい天気だった。青空に、ヤシの葉が揺れている。

となりの家では、おじさんが朝から芝刈りをやっていた。

ガレージに歩いていく。父親のトヨタ。そのとなりに、自分のクルマ。

ピンク色のワーゲン。ずいぶん古い型だった。

中古車屋で見つけたときは、ボロボロだったけど、塗装もやりなおした。エンジンにも、かなり手を入れた。

愛着のあるクルマだった。

大きなショルダー・バッグを、ワーゲンにのせる。いつもなら、バスケットの練習道具が入っているバッグ。きょうは、身のまわりのものが、つまっていた。

ワーゲンに、乗り込む。エンジンをかける。

パタパタパタという、軽い音。このエンジン音が、広子は気に入っていた。

ゆっくりと、ワーゲンを出す。家は、カハラの住宅地にあった。

ホノルルへ通っている人が多い。けど、今朝は早い。まだ、道はガランとしていた。ヤシの樹の影だけが、広い道路に落ちている。

ゆっくりと、家が遠ざかっていく。ふり返りたかった。

けど、ふり返らなかった。

ワーゲンのエンジン音。パタパタという軽い音が、元気づけてくれる。角を曲がる。

ミラーを、ちらりと見た。ミラーの中に、家はもう見えなかった。

アナウンスが、ロビーに響いた。広子の乗るロス行き。その、最終搭乗案内だった。

「さあて」広子は、ショルダー・バッグを肩にかけた。

ロビーのガラスに、自分の姿が映っている。

まっ白いTシャツ。ブルーのショートパンツ。足もとは、バスケット・シューズ。コンヴァースのローカットだった。

家出というより、海岸のバーベキューにいくようなスタイルだった。

「本当に、いっちゃうんだね」

恋人のアンディが、そう言った。そう言って、広子を見上げた。広子は、アンディより4インチ、背が高かった。

「じゃあね、アンディ」広子は、つとめて明るく言った。湿っぽく別れるのは、嫌だった。

「クリスマスには、帰ってくる？」と、アンディ。

「正直いって、わからないわ」広子は言った。

「あなたとつき合って、楽しかったわ。お別れに、これをあげる」

広子は、ポケットからキーを出した。ワーゲンのキーだった。中古車屋で見つけたとき、キーには丸めた針金がついていた。広子が、ハワイ大学のキーホルダーをつけた。

「これを、あげるわ」広子は、キーをアンディにさし出した。

「本当に……いいのかい？」

「いいわ。クルマは飛行機にのせられないもの」

「それもそうだね」

「ああ……」

「ボロだけど、大事にしてやって」アンディは、キーをうけとる。

「クルマを君だと思って、大切にするよ」

「よろしくね」

広子は、腕時計を見た。

出発の時間だった。

「じゃ……元気でね。カヌーの練習、がんばってね」

アンディの額と唇に、短くキス。搭乗ゲートに向かって、歩いていく。涙ぐんだ顔を見られたくなかったから、一度もふり向かなかった。

《1985年》

「えェ!? なんだって?」店長のボブは、きき返した。

「何ドルだって?」

「120ドルよ」と、ラナは言った。

「120ドル!」ボブは、思わずくり返した。

「120ドルで、クルマを売ってくれっていうのか?」

と、目の前のロコ・ガールを、あきれ顔でながめた。

昼下がり。

カパフル通り。中古車屋〈GET　CHANCE〉。店長のボブは、汗をふきながら、やれやれとつぶやいた。

女の子は、16か17ぐらい。ハワイアンと白人（ハオレ）の混血らしかった。金髪が、潮で赤く灼けていた。

サーフィンの絵がついたTシャツ。色の落ちたショートパンツ。裸足だった。

「あのねェ、お嬢ちゃん」ボブは、怒りをおさえていった。

「ここは、スケートボードを売る店じゃなくて、クルマを売る店なの」

「誰も、ベンツを売ってくれとは言ってないわ」ラナは、口をとがらせた。

「タイヤが4つあって、走ればいいのよ」

「しかし、120ドルで……」と言いかけて、ボブは思い出した。

そうだ。今朝、下取りしたボロ車があった。

「こっちへおいで」と、ロコ・ガールを手招き。事務所の裏へ。

「これなんだがね」と言った。ピンク色のワーゲン。1969年型。古タイヤ置き場を占領していた。

「これなら、相談に応じるよ、お嬢ちゃん」と、ボブ。タダでも持っていって欲しいぐらいだった。

「悪くないわね」ラナは、ワーゲンをながめた。

「タイヤは4つついてるし……」クルマのまわりを回る。

「まァ、走るとは思うがね」ボブは言った。そのとき、

「おじさん！」ラナが叫んだ。

「これ、エンジンがついてないじゃない！」ボンネットを開けて、眼を丸くしている。

「いくらなんでも、ひどいわ！」

「あのねェ……お嬢ちゃん」ボブは、頭をかかえて、

「このクルマのエンジンはね、後ろについてるの」

パール・シティの西。スーパー・マーケットの駐車場。
ラナは、クルマを滑り込ませた。120ドルにしては、上出来だった。ちゃんと走る。右にも左にも曲がる。おまけに、バックもできた。
エンジンを切る。キーを抜く。

キーには、ハワイ大学のキー・ホルダーがついていた。それを、ショートパンツのポケットに。スーパーの入口に、裸足で歩いていく。

ベティは、

「ごめんなさい」と言った。

スーパーの出入口で、女の子と正面衝突しそうになったのだ。

ベティは左へよける。女の子も、白い歯を見せる。右へ、よける。裸足で、スーパーの中へ入っていく。

褐色の長い脚を、ベティは見送った。紙袋をかかえて、駐車場へ。

自分のクルマに歩いていく。シルバー・グレーのトヨタ。

トランルームを開ける。スーパーの紙袋を、積み込む。

ふと、ベティの視線がとまった。となりに駐車してあるクルマ。ピンク色のワーゲンだった。

午後3時。駐車場は、すいていた。

ワーゲンは、いますれちがったロコ・ガールのクルマらしかった。ベティは、じっとそのワーゲンをながめた。

「どうしたの？　ママ」

10歳になる息子がきいた。

「ううん、別に」ベティは、つぶやいた。

「ママも、昔ね、こういうクルマに乗ってたことがあるの」

「へえ」息子は、となりのワーゲンをながめた。

「こんな派手なクルマに？　ママが？」

「若かった頃よ」

「若かったって、どのくらい？」息子がきいた。

「十代の頃よ」

「へえ。ママにも、十代の頃があったんだ」

「当たり前でしょ」ベティは、息子をリア・シートに押し込んだ。

「誰にでも、あるのよ……十代の頃が……」

ベティは、陽ざしに眼を細めた。眼を細めて、ワーゲンをながめた。

強烈なオアフ島の陽ざし。ピンクのボディが、鮮やかに光っている。

塗装のはげかけたドア。曲がったアンテナ。錆びたドア・ノブ……。

「ねえ、ママ」息子が、声をかけた。

ベティは、われに返る。そのおかげで、バンパーにあるちょっとしたへこみには、気づかなかった。

「ねえ、ママ、天体望遠鏡、買ってくれるんでしょ？」と息子。

「天体望遠鏡？」

「そうだよ。だって、ハレーすい星、もうすぐ来るんだから」

「そうねェ……」

「ねえ、買ってくれるんでしょ？」

「パパにきいてごらんなさい」ベティは言った。ちょうど、夫がスーパーから出てくるところだった。大きな紙袋をかかえて、歩いてくる。

「ねェ、ダン」と、ベティは言った。

「うちの王子様が、天体望遠鏡、買って欲しいんですって」

「望遠鏡？ママにきいてごらん」と、助手席に乗り込んだ夫のダン。息子をふり返って、ニッと微笑（わら）った。

「ずるいんだから、二人とも」息子が、頬をふくらませた。家族の笑い声が、クルマの中に響いた。

ベティは、エンジンをかけた。ラジオが、ニュースを流しはじめた。早口のアナウンス。歌手のR(リッキー)・ネルソンが、飛行機事故で死んだらしい。

そして、曲が流れはじめた。

R・ネルソンの唄う〈ハロー・メリー・ルー〉だった。明るく乾いたメロディを、ベティは口ずさむ。

「どうした、ティーンエイジャーみたいに」と、ダンが優しく笑った。

「なんでもないわ」ベティも、微笑み返した。

ヒールの先で、軽くアクセルをふみ込んだ。ワーゲンの鼻先を右へ回る。

グレーのトヨタは、ゆっくりと駐車場を出ていく。

風を着ていたキャロル

アロハ・シャツを着ることは、風を着ることだ。

それに気づいたのは、もう7、8年前。撮影の仕事でオアフ島にいたときのことだ。

その午後。東海岸でのロケハンを終えた僕は、ホノルルに戻るところだった。海沿いの72号線を、のんびりと走っていた。

ステアリングを握っているのはキャロル。ハワイ大学の二年生。アルバイトで、撮影隊のガイドをやっている娘だった。

3/8は日本人。1/8は白人。残りはチャイニーズ。顔は褐色、歯は白い。よく笑う、オアフ島育ちのロコ・ガールだった。

その日も、キャロルは裸足だった。

彼女は、1日のほとんどを裸足で過ごすらしかった。僕の見た限り、靴をはくのはレストランに入るときだけだった。

中古で買ったというベンツのアクセルを、キャロルのよく灼けた足がふみ込む。

ハナウマ湾（ベイ）を過ぎたあたりで通り雨（シャワー）が降ってきた。

キャロルは微笑（わら）いながら、

「洗濯屋が降ってきたわ」

とベンツをとめる。着ていたアロハを脱ぐ。下は、ビキニのトップだった。

脱いだアロハを、彼女はエンジン・フードにひろげた。そこに、とり出した石けんをぬりたくる。また、走り出した。

エンジン・フードでは、アロハがかなり強い天気雨に洗われている。

15分後。通り雨（シャワー）が上がった。

キャロルはアロハを絞る。クルマのアンテナに通す。

また、走りはじめた。何かの旗みたいに、アロハはパタパタと揺れる。強烈な午後の陽ざしに、ぐんぐん乾いていく。

「便利な島だな」僕は言った。笑っている僕らの鼻先を、石けんと海の香りが、くすぐって過ぎた。

できたての虹をくぐって、ホノルルの街へ。

街角のハンバーガー屋でとまった。

僕も裸足でクルマをおりた。足の裏が陽ざしを感じる。着ているアロハのスソが、風をつかんでふくらむ。ソデが風に揺れる。

幸福な気分になっていた。

ヨーロッパの高級品を売る店の前に、日本人の女の子たちが沢山いた。みんな、カチッとした服を着て、ヒールのある靴をはいていた。

彼女たちの服は、風にふくらむことがあるのだろうか。足の裏で陽ざしを感じることがあるのだろうか。

僕は、少しだけ気の毒になった。

素肌で何かを感じるのがベッドの中だけじゃ淋しすぎる。風や雨や陽ざしとメイク・ラヴするのもいいのに。ふと、そう思った。

夕方のカラカウア通り(アベニュー)には、海とココナッツ・オイルの香りが吹いていた。

旅立ちのボタン・ダウン

僕はまた、その島を去ろうとしていた。

午後の4時過ぎだった。

僕らロケ隊のスタッフは、空港の玄関にいた。小さな島にしては、立派な空港。その玄関に着いたところだった。

現地ガイドのヴァンから、撮影機材をおろす。

ジュラルミンの機材ケースが、陽ざしを照り返す。まだ昼間の熱さを残した、ミクロネシアの陽ざしだ。

力持ちの現地ガイドが、機材ケースを軽々と持ち上げる。空港のロビーに運び込む。プロデューサーのFが、スタッフ全員のパスポートを集める。航空会社のカウンターに小走りでチェック・インにいく。

この島。

この空港。

もう何度となく、くり返してきた光景だった。ディレクターの僕とカメラマンのYも、空港のロビーに入っていこうとした。そのとき、

「まただよ」という声。プロデューサーのFの声だった。


「飛行機の到着が遅れてて、出発も30分は遅れるらしい」

スタッフの誰も、そう驚いた顔はしない。

南洋の島々を飛ぶ便が、定刻に出発することは、逆に珍しいぐらいだ。30分なら、いい方だろう。みんな、そんな表情で、ロビーのイスに腰かける。

僕らの乗る飛行機は、日本から飛んでくる。ここで給油して、また出発する。

ミクロネシアの島々。そのいくつかに着陸して、最後はハワイのホノルルに到着する。いってみれば、南洋のローカル便だ。

僕も、めったに乗らない便だった。

今回のCF撮影は、このミクロネシアの島とハワイの両方でカメラを回さなくてはならない。ごく当然に、この便を使うことになったのだ。

僕はロビーのイスに坐りかけて、やめた。

エアコンがきき過ぎていた。

それより、この島で最後の陽ざしを浴びていたかった。

ロビーから出る。玄関の前をゆっくりと歩く。ガランとした道路を横切る。

道路の向こう側。ブーゲンビリアの植え込みがあった。鮮やかなピンクのブーゲンビリアが、海からの風に揺れていた。

その植え込みは、コンクリートで囲われていた。ちょうど、腰をおろすのにいい高さだった。僕は、植え込みの囲いに腰かけた。

たそがれ近い陽ざし。アロハ・シャツから出た腕に。ショートパンツから出た脚に。たそがれの陽ざしは、シャワーのようにふり注いでいる。

近くには、客待ちをしているタクシーが3、4台。

チャモロ人の運転手が、のんびりと立ち話をしている。声がきこえてくる。

そんなときだった。

その少年と少女を見かけたのは……。

僕のいる通路の端から、空港の駐車場が見おろせた。

道路より、かなり低い。ガランとした駐車場が広がっていた。

アメリカン・フットボールのフィールドぐらいの広さに、駐車しているクルマは、せいぜい7、8台だ。

いま、1台のクルマが、ゆっくりと駐車場に入ってくる。ごく平凡なフォードのセダンだった。

セダンは、駐車する。

運転席から少年が。サイド・シートから少女がおりてきた。

二人とも白人だった。そして、十代の終わり頃に見えた。

少年は、少し茶色がかった金髪。中肉で、背は高かった。コットンの半袖シャツを着ていた。薄いブルーのシャツは、ボタン・ダウンだった。

大きめのボタン・ダウン・シャツ。そのスソは、バサッと外に出している。

オフ・ホワイトのジーンズ。ナイキのスニーカーをはいていた。

少女は、完全な金髪だった。ゆるくウェーブした金髪が、肩にかかっている。

青いギンガム・チェックのワンピースを着ていた。

少年は、クルマのトランクを開ける。大きなスーツケースを1個。小さめのボストンバッグを1個。トランクからとり出した。

どうやら、僕らと同じハワイ行きの飛行機に乗るらしい。このささやかな空港から、この時間に飛び立つ便は、ほかにない。

少年は、両手に自分の荷物を持つ。早足で歩き出した。少女も、それについて歩いてくる。

飛行機が遅れなくても、出発にはまだ余裕がある。けれど、少年は早足だった。ややむっつりとした表情。無言で歩いてくる。

少女は、やっとそれについてくる。

片手で、少年のシャツをつかんでいた。

ジーンズの外に出した大きめのシャツ。そのスソを片手でつかんで歩いてくる。

たそがれ近い陽ざし。二人の金髪に、肩に、ふり注ぐ。

ふと思えば、もうすぐ、アメリカの大学がはじまる頃だ。

たぶん、少年のいき先はホノルルだろう。この小さな島を出て、ホノルルの大学に進むのだろう。

少女は、妹には見えなかった。ガールフレンドなのか。恋人（ステディ）なのか。僕には、わからない。

ただ、少年のシャツのスソをつんで、早足でついてくる。細い手脚。ギンガムのワンピースが、風に揺れている。

少年は、何かを振り切るように。

少女は、何かに追いすがるように。

二人は、長い影をひいて歩いてくる……。

ふと気づくと、そばにカメラマンのYがいた。彼も、その二人を見おろしていた。両手で、四角いカメラのフレームをつくる。そのフレームに少年と少女を入れているらしい。

僕もYも、自分たちの胸の中でカメラを回していた。

やがて、Yは、手でつくったフレームをほどく。

視線が合う。Yは無言で〈いい絵だ〉と白い歯を見せた。

ロビーにアナウンスが響いた。搭乗の最終案内（ファイナル・コール）だ。

僕らは、自分のショルダーバッグを肩にかける。出発ゲートに向かって歩きはじめた。

出発ゲートのすぐわき。あの少年と少女がいた。少年の足もとには、小さなボストンバッグがあった。スーツケースは、チェック・インしたんだろう。

少年は、一刻も早く、出発ゲートをくぐりたそうだった。

それが、僕らから見てもわかる。

少女の方は、何か、思いつめた顔をしていた。少年と向かい合っていた。

まだ、何か言いたそうな少女。

けれど、少年は、ボストンバッグをつかむ。小声で、何か、別れの言葉を言った。

出発のゲートをくぐろうとした。そのとき、少女が少年のエリもとに手をのばした。ボタン・ダウンの片方が、はずれていた。少女は、シャツのエリに、小さな貝のボタンをかける。シワになっているシャツのエリを、軽く、手でなおす。

もう、やることはなかった。

少女が、何か、ひとこと。少年も、何か、ひとこと。

少女は、彼の頰に2秒のキス……。少年は、彼女の頰に1秒のキス……。

少年は、出発ゲートをくぐっていく。

胸の前で手を振っている少女。少年は、ほんの一瞬、ふり向いた。小さく、うなずく。そして、スタスタと歩いていった。

「冷たいんじゃないの、坊や」僕のとなりで、Yが苦笑まじりにつぶやいた。

飛行機は、ガラガラにすいていた。

通路は、まん中に1本だけ。その左右、シートが2列に並んでいる。

搭乗券に、シートの指定はない。自由席なのだ。僕は、1のAに坐った。窓ぎわだ。ショルダーバッグを、前のシートの下に突っ込む。

ふと見る。

通路をはさんで向かい側のシートに、あの少年が坐っていた。

ボストンバッグをヒザの上にかかえて、窓の外を見ていた。少年は、じっと、窓の外を見ていた。けれど、見えるのは、ただ空港の広がりと、ヤシの樹だけだろう。

出発の準備ができたらしい。スチュワーデスが、客席を見て回る。

少年に、何か言った。ボストンバッグを、シートの下に入れろ。たぶん、そう言ったんだろう。

少年は、うなずく。バッグを、前のシートの下に押し入れた。もしかしたら、飛行機に乗るのは、生まれて初めてなのかもしれない。

エンジン音が高くなる。飛行機は、ゆっくりと滑走路に出ていく。

飛行場の建物が見える。あの少女の姿はあるだろうか。僕は眼を細めて見た。けれど、建物のガラスに夕陽が反射している。見送りの人間の姿は見えない。

滑走路の端で、一度とまる。

やがて加速。体にGを感じる。滑走路が走り去る。あっけなく離陸。

空港の建物が、マッチ箱になる。遠ざかっていく……。

飛行機は、ゆっくりと旋回。少年の側の窓からは、島が見えるだろう。

少年は、窓ガラスに額をつけて下を見ていた。

それも、せいぜい1、2分。飛行機は、雲の上に出た。水平飛行に移ろうとしていた。

少年は、窓ガラスから額をはなした。

僕は、となりのシートに置いてあるイヤホーンを耳に。ふと少年を見た。

少年は、右手で、シャツのボタンをさわっていた。

出発ゲートをくぐる寸前、少女がはめてくれた、ボタン・ダウンの小さなボタン……。それがちゃんとかかっているのを確認するように、少年はシャツのエリをさわっていた。

ほんのひと筋。その頬に、涙がつたっていた。

少年は、シャツのソデをつかむ。涙は、窓からの陽ざしに光っていた。

かなり乱暴に、涙を拭いていた。ソデで、頬の涙をぬぐった。

僕は思った。

島を出ていく……。相手と別れる……。

そのことがより辛かったのは、少年の方なのかもしれない。

少女の前で涙を流してしまわないように、早足で出発ゲートをくぐり抜けてきたのかもしれない。そんなことを、ふと想像していた。

僕は深呼吸。シートに深く坐りなおした。

窓の外。白い雲が、悲しいほど明るい。イヤホーンから、ビートルズの唄う〈P.S.I Love You（ピーエス・アイ・ラブ・ユー）〉が流れはじめていた。

あとがき

変わっていないなあ……。

この『夏物語』のゲラに目を通しながら、僕は苦笑いしていた。

これは1989年に角川文庫の一冊として発表した短編集だ。

ハワイなどが主な舞台なので、当時はトロピカル短編集などとも呼ばれた。

書いた頃の時代背景としてヴェトナム戦争の影が落ちている作品もいくつかある。

流れる曲たちも、あの頃に吹いていた風の匂いを感じさせる……。

けれど、僕が〈変わっていないなあ〉と思うのは、作品に登場する人々の生きる姿だ。

言うまでもなく、人生はときに優しく、ときに切ない。悲しいことだけれど、陽の当たるときよりも、雨や風に打たれるときの方が多いかもしれない。

そんな向かい風の中でも、淡々と前を向いて歩いている人々がいる……。

時が過ぎた2023年、僕が発表した『潮風テーブル』（角川文庫）。

その中に登場する一人の少女……。

お金を得るために海に潜って貝を採っている彼女は、きっぱりと言う。

「わたし、貧乏だけど、恥ずかしいって思った事、一度もない」

このひと言に、僕の思いのほとんどが表現されている。

たとえいまは貧しいこと……。

たとえいまは不遇(ふぐう)であること……。

それは、決して恥ずべきことではない。

うつ向いたりせず、顔を上げ歩いていれば、いつか陽が当たる場所にたどり着く。そうあって欲しいし、僕はそのような思いで小説を書いている。

これまでも、そしてこれからも……。

この『夏物語』というタイトルの短編集を発表した1989年は、小説家として走っていく僕のそんな姿勢が、はっきりと決まったときなのだろう。

そして、本のタイトルにした「夏」は、ただの季節ではなく気持ちのポジティブさだと僕は思う。あなたがもし心から望むなら、人生の夏は終わることがない……。そうであって欲しい。

この『夏物語　２０２４バージョン』の出版は、有隣堂STORY STORY YOKOHAMAの店長である名智理さんと、田畑書店の大槻慎二さんの存在なしには実現できませんでした。お二人にはここに記して感謝します。

さらに、この『２０２４バージョン』のために、いくつかの加筆とアレンジをしたことも書き添えておきます。

見上げる夏空にカモメが漂う葉山で　　喜多嶋 隆

あの夏の物語をもう一度。

有隣堂 STORY STORY YOKOHAMA　名智 理

「潮風キッチン」のあとがきや、その他対談とか、書評などにも何度か書いたけれど、喜多嶋隆さんの「夏物語」はぼくにとっての始まりの物語、原点だ。

中学生になり、初めて大人の小説を読んだその体験。心がざわめき立ち、目の前の扉が開かれて、なにかまぶしい新しい風景が見えてくるような、そんな感動だった。

あれから三十年とちょっと。人生って、なんて不思議な縁でつながっているのだろう。

八九年に角川文庫で発表された「夏物語」は、二〇二四年の夏に、喜多嶋隆さんご本人によって丹念に「リマスタリング」され、新しい潮風が吹き抜ける短編集に仕上がった。

当時のままでももちろん色褪せないけれど、読み比べてもらうとほんの少し、過ぎ去った時代との距離みたいなものも感じられるかもしれない。

なぜ復刊企画を立ち上げたかというと、個人的な思い入れもあるけれど、時代を超える魅力をもった小説を、ぜひ、今の人たちに紙の本として手に取ってもらいたい、という一書店員の願いだ。愛蔵版と呼ぶのにふさわしい出来になっていると信じている。

この企画を面白がって快く引き受けてくださった、喜多嶋隆さんと、許諾をしてくれたKADOKAWAの担当諸氏、そして、田畑書店の大槻さんに、ファン代表として心からお礼を申し上げます。

さあ、ページを開けばあの夏が鮮やかによみがえる。COME ALONG!!

本書は1989年9月、角川文庫刊
『夏物語』を底本とした。

喜多嶋 隆（きたじま　たかし）
東京・本郷生まれ。明治大学卒。学生時代からロックバンドでドラムスを担当。卒業後、広告業界に入りＣＭディレクターとして海外ロケに飛び回る。そんな中、ふとしたきっかけで応募した小説現代新人賞（講談社）を受賞。作家としてスタートを切る。「ポニー・テールは、ふり向かない」などの作品は次々と映像化され、リズム感と叙情性を両立させた作品世界は、読者からの熱い支持を得ている。その後、葉山の海辺に移り住む。潮風が吹き抜けるハワイや湘南を舞台に、人生で大切にしなければならないプライドや愛を爽やかに描き続けている。ＫＡＤＯＫＡＷＡ、光文社、中央公論新社などからの著書多数。

夏物語

2024年9月20日　第1刷印刷
2024年9月30日　第1刷発行

著 者　喜多嶋 隆

発行人　大槻慎二
発行所　株式会社 田畑書店
〒130-0025　東京都墨田区千歳2-13-4　跳豊ビル301
tel 03-6272-5718　fax 03-6659-6506
表紙写真・デザイン　喜多嶋 隆
本文組版　田畑書店デザイン室
印刷・製本　中央精版印刷株式会社

Printed in Japan
ISBN978-4-8038-0438-6 C0193
定価はカバーに表示してあります
落丁・乱丁本はお取り替えいたします